NAME

シロウ

――【ルーンファンタジー】の主人公キャラ。世界一の冒険者に憧れて、小さな村を幼馴染のナッツとともに飛び出した。
この物語はそんな彼の冒険譚――ではなく、彼の前に、俺が圧倒的な壁として立ちはだかり続ける物語だ。

PROFILE

NAME

ナッツ

――主人公・シロウの幼馴染であり、ヒロイン。無鉄砲なクロウを治癒魔法で甲斐甲斐しく世話する心優しい少女。
彼女はシロウの精神的支柱として重要なキャラだからな。俺とは無関係でいてくれ。

PROFILE

NAME

ラーミア

――【ルーンファンタジー】において、ナッツの次にシロウの仲間になるキャラ。
高い防御力と魔法耐性を持つ女騎士であり、頭の回転も早い彼女にはぜひともシロウサイドで俺の脅威をさりげなく解説するキャラになっていただきたい。

PROFILE

【教義】

友情×努力×勝利。それが英雄の条件式。

では、ない。英雄を英雄たらしめるものは、民衆の憧れだ。人々の目を焼き焦がす雄々しき生きざまが、その輝きが、英雄を英雄として歴史に刻む。

しかし、誘蛾灯《ゆうがとう》に身を焼かれる羽虫も、夜の闇も無しに灯火《ともしび》の輝きには気づけない。英雄が英雄であるためには、強大な闇が必要だ。

幸福で安全だった時代など、歴史の上では白紙に過ぎない。

だから、俺がなるって、決めたんだ。

「くっ、いまのは俺と同じ魔法？」

「あなたはいったい、誰なの！」

古今東西、主人公と容姿や能力が瓜二《うりふた》つで性格だけが正反対の対極キャラの立ち回りは決まっている。


主人公と相反する思想と信念をもって主人公に覚悟の強さを問いかける、絶対的な――ダークヒーローだ。

【原作前：かませ犬転生】

「違うだろぉぉぉ！」

ディスプレイに映し出された『ＴＨＥ　ＥＮＤ』の文字に、俺の怒髪が天を衝《つ》いた。深夜にもかかわらず大声を上げさせたゲームのタイトルは、【ルーンファンタジーⅣ】。都市化と工業化が進み、人間の生活と労働環境が変わりつつある世界を、主人公がルーン文字の魔法を駆使して巡るシリーズ物の第四作だ。

史上最高傑作と（俺の中で）名高い第三作が発売されてから早八年。まさかの続編ということで社会人にとって貴重な有休を消費し、ゲームがしんどくなった体に鞭《むち》打って、徹夜してでもクリアまでぶっ通しで遊んだ。

その結果が、先ほどの怒号だ。

「過去作のシナリオ全否定とか、ふざけんなよ。だったら続編なんていらなかったんだが」

俺の目に映る有機ＥＬの光景が空虚なものに感じた。達成感は無く、ただただ徒労感だけがのしかかる。

シナリオもキャラも、全部が酷《ひど》かった。擁護のしようがない。特にお前。お前だよ、聞こえているのか？

「クロウ」

主人公と瓜二つの容姿、同じ魔法。それが今作初登場のキャラクター、クロウだった。初めて彼を見たのは数か月前。スクランブル交差点に立つビルの、巨大なモニターで流れていたティザーPVで、俺は彼と出会った。

年甲斐《としがい》もなくわくわくしたんだ。主人公のネガみたいなキャラは昔から、主人公の欠点を克服した上位互換と相場が決まっている。どんなストーリーが待ち受けているのだろうかと、楽しみにしていたんだ、心から、本当に。それなのに。

「違うんだよなぁ」

深い、マリアナ海溝より深いため息が零《こぼ》れた。

(ダークヒーローの魅力は、主人公の前に強大な試練として立ちはだかるところなんだよ)

まず能力、これが主人公と同じルーン魔法。これはいい、素晴らしい。次に容姿、黒を基調としたダークカラー。これもいい、すごくカッコいい。

あとはゴミだな。

彼に足りないものは大きすぎた。たとえば、ずっしりした専用曲を背景に暗闇から迫りくる背筋が凍り付くようなオーラが無かった。たとえば、過去作で凶悪ぶりを見せつけた強敵を一蹴するような、衝撃的な演出も無かった。

俺が彼に期待したのは、どうあがいても絶望の、勝利のイメージすら浮かばない圧倒的強者だ。それなのに、実際は物語の中盤で倒せてしまい、しかもそのままフェードアウトしてしまうかませ犬。

期待が大きかった分だけ、失望感は強い。

「クソゲー」

勝手に期待して、勝手に失望したのは俺だ。身勝手なことを言っている自覚はあった。だけど、不満を口にせずにはいられなかった。

「販促の都合で主人公に勝てない敵キャラかっていうんだよ」

主人公と瓜二つの姿を持つ悪役なら主人公のアイデンティティを脅かせよ。主人公の信念に迫れよ。何のために生き、何のために戦うのか。ルーツをたどらせろ。

行き場の無い憤懣《ふんまん》は、吐息となって零れ落ちた。

虚脱感が全身にのしかかった。俺はこんな思いをするために徹夜をしたんだったろうか。

こんなはずじゃ、なかったんだけどな。

時計を見れば深夜三時だし、大惨事って感じ。なんかもう疲れた。寝る。

ああ、そうだ。

——せめて夢の中でくらい、理想のダークヒーローとして活躍してくれよな。

◇　◇　◇

目を覚ますと、知らない天井があった。

「あ？」

じっとりと汗ばむ背中が不快感をかき鳴らす。ここはどこだ。己と周囲を確認して、身を起こそうと力んだ。だけどうまく体が動かない。

（は？　は！　はぁ？　なんだこれ、体が、重ぃ）

頭が重すぎて持ち上がらない。え、俺徹夜でゲームしただけだよね？　脳出血でも起こしたとか？　一生植物状態？　嘘《うそ》だよな。

……落ち着け。まるで筋繊維がぜい肉になってしまったみたいに重たいだけだ。

気合を入れて身をよじれば、焦点の合わない視線の先で、俺の腕がまるまると肥えたハムみたいになってた。

「あぅあ？」

言葉が出なかった。声は出るのに、思った五十音を発声できない。

「あらあら、起きちゃったの？　クロウ」

歯が無いことに驚愕《きょうがく》していると、体重八十キロを超えるはずの俺の体が軽々と抱き上げられた。

（な、何が起きてるんだ）

俺の想像に反して、筋肉質とは真逆のしなやかな腕が俺を抱擁していた。この細腕のどこにそんな力があるのか。いや、違う。俺の体が縮んでいる。

女性は俺を腕の中に抱えると、聞いたことの無い歌を歌い始める。子守歌、だろうか。社会人の疲れた心に思い切り沁《し》みる、優しい歌声だ。先ほどまでの不安が嘘のように払拭されて、まどろみの沼へと意識が落ちかけそうになる。

落ちかけそうになった意識が、俺に待ったをかけた。意識を手放すことを良しとしなかった。ちょっと待て。この人いま、俺のことをクロウって呼ばなかったか？

なるほどな、だいたいわかったぞ。俺は【ルーンファンタジーⅣ】の夢を見てるんだな。クロウくんに「もっとしっかりしろよ」って訴えたから、「ほんならね、お前がやってみろよ」って話ですね。わかります。

（はー、しゃあねえなぁ）

内心でつぶやいた悪態には、まんざらでもない本心が滲《にじ》んでいた。

（ふがいないクロウくんに代わって、俺が真のダークヒーローを演じてやるか！）

どうせ、寝て起きたら現実に戻ってるんだろうけどな。残念だな。理想の悪役の何たるかを教えてやりたかったのに、本当に残念だな。

うきうきなんてしていない。

(せっかくなら、使ってみたいよな。主人公と同じ、特別な魔法。その名も――ルーン魔法)

ルーン魔法は、ルーン文字が意味する事象を現実に反映する魔法だ。あらゆる事象を緻密に操るその魔法が、原作主人公のアイデンティティだ。

もしクロウくんが、原作の主人公を上回るほどのルーン魔法を繰り出していれば。アイデンティティを脅かされた主人公の葛藤や、新たな一歩を力強く踏み出すシーンが描かれていれば。

夢でくらい、叶《かな》えてやりたい。ありえたかもしれない、もしもの世界を。

いいか、クロウくん。最初の教訓だ。君に最も欠如していたのは、ルーン魔法の練度だ。原作主人公と同等程度で満足してるんじゃねえ。圧倒するんだ。『俺より強い、ルーン使い……！　こんな相手に、どうやって戦えばいいんだ！』と、主人公に膝をつかせるレベルで極めるんだ。それがそのまま君の格につながる。

わかったらその身に刻め、覇王の教義《ダークヒーローズ・ドグマ》を。

「あぅ、あ」

虚空で指先を振り、縦に一本棒を引く。ᛁ《イサ》。氷を意味するルーン文字だ。指先の描く紋章が、俺の想像を具現化する、はずだった。

(あ、あれ？)

だが、実際には何も起こらなかった。

（おいおい、主人公と同じ容姿、同じ能力のキャラは天才ってのがお約束だろ？）

こんなところで躓《つまず》いてる場合じゃないのに。

「きゃー、クロウが手を振ってる。かーわいーねーっ」

ねー。じゃないよ。

（困った。魔法の使い方まではゲームの中でも教えてくれなかったぞ）

せっかくこんな夢みたいな時間を過ごしているのに、俺は魔法の一つも使えないのかよ。それなんて苦行だよ。

（いや待て。有志が作った攻略サイトに、興味深い考察があったな）

ゲームではキャラクターごとにＭＰ《マジックポイント》が設定されている。魔法はこのＭＰを消費して発動できるわけだが、これは個々人が魔法を使うためのエネルギーを内包しているからだ。そんな考察を見た記憶がある。これを真とするのなら、自分の内側に魔法の源――さしずめ魔力を見つけられるのではないだろうか。

（おっ？　おなかのあたりに温かいものが）

確かな熱源を、腹の内に感じる。もしかしてこれが魔力か？　もう見つけてしまったのか？

フッ、見せつけちゃったな、格の違い。わかる？　クロウくん。これが覇王の教義《ダークヒーローズ・ドグマ》。ちゃんと見習って、俺みたいに立派なダークヒーローになってくれよな。

（あ、待って違う。これウンコだ）

おなかが、捻《ね》じ切《き》れそうだ……っ！　ぐ、苦しいっ。

――人としての尊厳が死ぬ音がした。

お尻の周りにあれがくっつく不快感に苛《さいな》まれながら、俺は真理にたどり着いたのだった。羞恥は人を殺せる。

「ふふっ、クロウったら元気いっぱい。おむつ替えましょうね」

クロウくんと同じ褐色の肌、同じ白銀の髪色の女性が鼻歌を歌って俺を煽《あお》る。くっ、殺せ。褐色の美人におむつを替えられる夢ってなんだよ。

(爪の長い人だなぁ)

爪はバイ菌が集まりやすい。衛生的に切ってほしいな。なんて、考えていたら、ピッと裂けた。俺の肌が、その人の爪で。

「あ」

ネイルで遊ぶ長い爪に、赤い血が滴っていた。俺の血だ。

「おぎゃぁぁぁぁっ！」

俺が衝撃を受けたのは、ずしんと、腹の底に沈んだ危機感だ。形容しがたい痛みが、言葉にできない熱が、俺の動揺を加速させる。

(痛い、痛いのか？　どうして)

ここは、夢じゃなかったのか？

「あぁっ、ごめんねクロウ。【キュア】、【ヒール】」

ほのかに淡く光る手のひらが傷口へと近づけられると、熱にも似た傷の鋭い痛みがみるみるうちに引いていった。代わりに残るのは、優しい光が放つ柔らかな温かさ。

（魔法だ！）

慈愛に満ちたぬくもりに、感動を覚えた。ほとんど時を同じくして、違和感に気づいた。

（妙だ。ゲームだと、ダメージは【ヒール】だけで回復できた。それなのに、この女性は、状態異常を回復する【キュア】を先んじて発動させた）

息を呑《の》む音が、耳に残った。指先がしびれる。口角が引きつる。一握の恐怖と、それを押しつぶす歓喜が胸の奥から湧き上がる。

（衛生面を、気にしたんだ）

心の底では思っていた。きっとここは夢の中だ。寝て起きたら現実に戻る。傷心気味の心に脳が見せた、ほんのわずかなボーナスタイムなんだって。だけど、違う。この世界はゲームではない。まして夢でもない。最後に残った可能性は一つ。

（この世界は、現実なんだ）

奇妙な形をしたピースなのに、これ以上にしっくりくる解釈が存在しない。あまりにもすんなりと胸に落ちていく。世界の解像度が、強制的に引き上げられる。

あれ、この温かい光と似た何かが、俺の中にもあるぞ。心臓の反対、右側の胸で、女性の魔法が放つ光とよく似た熱源が灯火のように揺れている。

「ごめんね、クロウ。爪もちゃんと切っておくからお母さんを許してくれる？」

女性の手のひらから淡い光が徐々に弱まり、やがては完全になくなった。柔らかい熱も引いていく。

やはりそういうことか。母親だったのか。まあ、俺くらいにもなると一発で看破していたんだけどね。

「ふふっ、もう泣《な》き止《や》んだ。強い子ね、クロウは」

母親がほほ笑むと、その背後で、コン、ココン、コンコンココンと独特なリズムで、戸を叩《たた》く音がする。

「姐《あね》さん、いるっすか？　オレっす、料亭アージエサロウのオレっす！」

扉の向こうから声がすると、母親の目から光がシームレスに抜け落ちた。笑顔が幻のように消《き》え失《う》せて、能面のように冷たい仮面が、母親の顔に張り付く。あ、やばい。膀胱《ぼうこう》が縮みあがりそう。

「何の用」

「みかじめ料の用意ができたっす！」

ひぃ、尿意が、尿意が、破裂しそう。だけどいまおむつ替えてもらったばっかりなのに、ここでお小水ぶちまけるのは俺の沽券《こけん》にかかわる。今度こそ羞恥で俺が死ぬ。耐えろ、耐えてくれ、俺の膀胱。

母親が部屋の外へと勢いよく飛び出していくと、

「あんたねえ！　私のかわいい子どもの前で変な言葉使うんじゃないよ！」

硬い物同士が激突する音が響いて、びっくりして尿意が収まった。危ないところだった。母さまが勢いよく扉をぶち開けなければアウトだったかもしれない。

「すいやせん姐さん！　このわびは、オレの指を切って……」

「ちょっとこっちに来な！」

母の怒声が響き、二人の気配が遠のいていく。

（治安悪そうな町だな）

母さまは権力強そうだし、扉にはご丁寧に鍵を掛けていってくれたし、いまは気にしなくていいか。

それより、魔法魔法。さっき、右胸に感じた熱い揺らぎ。これが多分魔力だろう。

魔力は見つけたし、あとは早い早い。見てろよクロウくん。才能ってやつを見せてやるぜ。見せてやる。……見せつけてあげるから、もうちょっとだけ待ってくれる？

（魔力って、どうやって動かすんだ？）

血管を巡る血液のイメージで。ダメだな。魔力に対するイメージが足りないのだろうか。呼吸を整えて、意識を集中させて……ダメだ。動かない。

うーん、この残念スペック。魔力の操作くらい直感でできてくれよ。だからかませ犬なんだよ。

それとも、いまは使えない原因があるのだろうか。たとえば、魔力を移動させる器官が成長とともに発達していくものだとすればどうだろう。この体はまだ首もすわっていない赤ちゃんボディ。成長具合的に魔力操作が不可能という可能性もある。

だとすればなんとも徒花《あだばな》な話であるが、魔力と向き合った時間が無駄になることはない、ハズ。この瞑想《めいそう》がいつか大きな財産になると信じてイメージトレーニングをひたすら継続していくしかないだろう。

「クロウー、戻ったわよ」

シリンダー錠の開錠音をかき消す勢いで、母さまが帰ってきた。後ろにいる男の人は、母さまのことを姐さんと呼んでいた人だろうか。顔が鬼まんじゅうみたいに腫れ上がっている。お顔パンパンマン、新しい顔よ。

「へー、この子が姐さんのお子さんっすか。かわいいっすねー」

「でしょう?」

「ええ、本当に」

背筋がぞくりとした。ただ、男と目が合った、それだけなのに、嫌な予感がした。男はニコニコと笑顔を見せているのに、俺にはそれが偽物に見えて仕方ない。

「こら、変な顔で近づくんじゃないよ。クロウが怖がってるでしょう」

「姐さん、姐さん、オレの顔がパンパンなのは姐さんが殴ったから――」

「クロウの前で変なこと言うんじゃないよ！」

「あだっ！」

なるほど、これが鬼まんじゅうの理由だったか。よくわかった。母さまは怒らせると怖い。いい子にしていよう。

「はぁ、仕方ないね。【ヒール】」

母さまの手のひらに淡い光が灯《とも》った。その手が男の額に近づくと、柔らかい光を浴びたところから腫れがひいていく。

（そ、それだ！）

さっきも、魔法を受けることで魔力を感じ取れたんだ。もっと魔法に触れれば、何かきっかけをつかめるかもしれない。

「だうっ！」

手を伸ばす、淡い光を掴《つか》むために。だけど幼いこの手の届く範囲はとても狭く、空を切るばかりだ。目当ての魔法はすぐそこにあるのに。まるで星空を掴むかのように遠くのことに感じる。

「あらあら、クロウも【ヒール】が欲しいの？」

俺は全身を使って必死に意思を表明した。イエス、マム。魔法が欲しいです。

「ふふっ、クロウは本当に魔法が好きね」

「姐さん、オレの顔、あと半分」

「自然に治るわ。ほれ、帰った帰った」

「えぇ……？」

母さまはいい笑顔でサムズアップしながら、顔の半分がパンパンなままの男を追い返した。辛辣ぅ。

男は口を尖《とが》らせながらも、おとなしく引き返した。帰り際、男と視線が合った。きな臭い。根拠はないけれど、そう思った。

「そうだ。クロウ、ちょっとくすぐったいかもしれないけど、静かにしててね？」

母さまを見上げると、上の服をひん剥《む》かれた。

（んひゃぁっ）

何事かと困惑している間に、気づけば母さまの手には十センチくらいの細い棒が握られている。その棒状の何かを、母さまは俺の右胸へと突きつけた。

「ここをこうして、と」

母さまは俺の右胸に突き付けた棒状の物体を胸、鎖骨、肩口、上腕、肘、前腕、手首、手の平、人差し指へと這《は》わせていく。棒状の何かが這った跡には線が引かれていた。あれはペンのようなものだったらしい。

「はい、できた！」

なにこれ。

「これはね、魔力回路よ」

聞き捨てならない言葉を聞いた。まぶたに力が入る。間違いない。俺に欠けているのはそれに関する知識だ。

「だ、ぁ」

あがいた。死ぬ気であがいた。魔法が使いたかったから、なりふりなんて構っていられない。

「ふふ、本当に魔法が好きなのね。いい？　フロウ。ここにあるのが魔力の源、魔核よ」

母さまは俺の右胸に玉のような肌の指先をあてて穏やかな笑みを見せた。へー、名前なんてあるのか（驚き）。あるわな（冷静）。

「ここから胸骨《きょうこつ》、鎖骨《さこつ》、肩峰《けんぽう》、上腕骨頭《じょうわんこつとう》、上腕骨《じょうわんこつ》、橈骨《とうこつ》、手根骨《しゅこんこつ》、中手骨《ちゅうしゅこつ》、基節骨《きせつこつ》、中節骨《ちゅうせつこつ》、末節骨《まっせつこつ》」

母さまは線をなぞりながら、謎の呪文を唱える。たぶん骨の名前だと思う。胸骨とか、鎖骨とか、聞き覚えあるし。他の骨については知らないやつばかりだったけど、右胸から右人差し指までが骨でつながった。

「この順番に魔力を通してみよっか。ふふ、なんて、まだ言葉もわからないかな」

なるほど、骨だったのか、魔力の通り道は。盲点だった。

まずは、胸骨だったか。たしか、胸の中心にあるネクタイみたいな形の骨だったはず。そこに魔力を移す感覚で、いや、魔核のイメージが炎だったんだから、骨をロープに見立てて火を移す感じで――

(おお、動いた?)

なんだよ、コツをつかめば簡単じゃねえか。これを肩、肘、指先へと移せばいいんだろ?

「え? ク、クロウ! もう魔力を操作できるようになっちゃったの?」

俺の指先には青白い光が淡く灯っていた。

んだよ、ちゃんと才能あるじゃねえか。無かったのは知識だったってことね。ビビらせやがって。

「すごいわっ。やっぱりクロウは、あの人の子どもなのね!」

母さまが指先までぴっちりと手のひらを合わせて歓喜に身を震わせている。

あの人? 俺の父親か?

母さまが俺の頭を優しく撫《な》でる。慈愛に満ちた、母親の顔だ。だけどそこに、恋慕に焦がれる乙女のような情熱が潜んでいるようにも見える。

「クロウ、あなたはきっと、すごい冒険者になれるわ。あなたのお父さんにも負けないくらい」

冒険者、か。

ゲームのシリーズ一作目にあたる【ルーンファンタジー】では、主人公が冒険者の父親に憧れて冒険者試験に挑戦するところから物語が始まる。

（俺は、この世界で何をなせばいいんだろう）

父親に追いつくことは、主人公の生きる意味同然だった。だけど俺は、彼ではない。彼の対極に生きる、いわば陰。俺は、俺の生きる意味を見つけなければいけないんだ。

（いや、わかってる。俺の天命は、理想のダークヒーローになることだ。だけど）

わからないのは何をすればいいか、ではない。

（俺の憧れたダークヒーローって、どんな人物たちだったんだっけ）

中途半端な決意で挑むのは、原作主人公に対する冒瀆《ぼうとく》だ。ゆるぎない信念と、純然たる覚悟。この二つも無しに理想のダークヒーローになんてなれやしない。

俺は主人公上げに甘んじるかませ犬で終わるつもりなんて無い。絶対的力で主人公の前に立ちはだかる所存だ。そのために、俺は何を目標にすればいい――。

「クロウ？　難しい顔してどうしたの？」

むに、と頬《ほ》っぺたをつままれた。

難しい顔をしていただろうか。していたかもしれないな。

「ハッ！　もしかして」

母さまが深刻な表情を浮かべた。しまった。余計な心配をかけてしまった。

「おしっこ……！」

違う！　漏らさなかったから、結局！

「もう、いま替えたばっかりなのに！」

違うから。準備しなくていいって。

(ちょっと冷静になって、俺のルーン魔法でも見てくれよ。ᚹ《ウィン》)

指先に魔力を込めて虚空に描いたルーンの紋章。それが淡く輝き、文字が持つ意味を現実に反映する。

「え？」

新しいおむつを取りに行っていた母さまが、その手に抱えていたおむつを落とした。俺の頭上で輝くルーンが姿を変え、控えめな見た目の白い花へと転成する。花言葉は、感謝。

「いまの、魔法、クロウが？」

ふぅ、落ち着いてくれたみたいだ。

まあ俺くらいの一流赤ちゃんともなれば、慌てふためく母親を落ち着かせるくらい――

(あ、れ？)

なんだか頭がくらくらする。世界がぐるぐると輪転している。違う、回っているのは、俺の。

「クロウ？　クロウ、どうしたの？　おねむ？」

眠い、といえば、眠い、けど。どっちかっていうとこれ、魔力が欠乏したんじゃ……。

（え、俺の魔力総量って、こんだけ？）

これはかませ犬。

目が覚めて真っ先に思った。魔力総量がルーン魔法一発分て。ふざけるのも大概にしろ。

妙だな、原作のクロウくんはもっとバンバン魔法を使ってきたはずなのに。もしかして、俺の魂が割り込んだせいか？　俺の魂を受け入れるために、クロウくんの魔力リソースの大半を食いつぶしている。そんな可能性まである。なんだそのハードモード。俺に優しくなさすぎるだろ。

（ん？　魔核の存在感、気絶する前より強くなってないか？）

俺の勘違いかもしれない。けど、試してみる価値はある。

ᚹ《ウィン》の魔法で花びらを作り出してみた。今回は気絶せずに済んだ。魔核の方も「へへ、まだまだいけますよアニキ」って具合に調子がいい。

（やっぱり増えてる、魔力総量が！）

理由はやはり、魔力を消費したことだろうか。

筋肉と同じだ。負荷をかけて、回復させる。筋肉はこの反復でより強じんな筋肉へと昇華する。人体の内側の出来事という点では同じなんだ。魔核も同じように、魔法を使えば使うほど強くなってもおかしくない。

（これに乳児段階から気づけたのってすごくね？　史上最強の赤ちゃんになっちゃうんじゃね？）

まして、自分自身に成長を促進させるルーンを使い続けたらどうなるんだ。うは、楽しくなってきた。

俺は指先を振って三つの紋章を宙に描いた。ᛒ《ベルカナ》、ᚢ《ウルズ》、ᛜ《イング》の三文字が意味するのはそれぞれ成長、エネルギー、そして新たな誕生。いくぜ。

ᛒᚢᛜ《バング》！

ルーン魔法は発動した。眩《まばゆ》い光が降り注ぎ、肉体という殻の中に神秘の雫《しずく》が滴るような充足感を感じる。と、同時に、抗《あらが》いがたい眠気が襲ってくる。

また、魔力切れかよ……！

えー、昔から二度あることは三度あると言いまして、これは、物事は繰り返し起こる傾向がある故に、失敗を重ねないようにしろというありがたい教訓なんですね。

だから無視します。

ᛒᚢᛜ《バング》！　ᛒᚢᛜ《バング》！　ᛒᚢᛜ《バング》！

わははー、ルールに大人しく従うダークヒーローがどこにいるってんだ。俺はやりたい放題やるぞ、ハッハー！

（おっ、三回使っても気絶しなかったな）

　追加でもう一発ᛒᚢᛜ《バング》を使ってみるが今度も気絶しない。魔核は指数関数的に成長するのだろうか。魔力切れを起こすたびに倍々で成長するなら、幼少期の内から魔力トレーニングをし続けるとすごいことになりそうだ。

「クロウ、また魔法の練習をしていたの？」

　不意に声をかけられてビックリしてしまった。母さまだった。

（ん？　やけに視界がクリアだ）

　これも成長のルーンの効果だろうか。原作開始時期には超人じみたことになっているかもしれないぞ、クロウくんの身体能力。

　脱かませ犬ルートが見えてきて楽しい。理想のダークヒーロー像に近づいていく実感は、得も言われぬ高揚感を俺にもたらしてくれる。

「クロウ、あなた、もしかして……ううん、もしかしなくても」

　俺が調子に乗っていると、母さまが険しい表情をしていた。何を危惧しているのだろう、と考えてみれば思い当たる節がある。普通に考えて怖いよね、まだ言葉も満足に操れない子どもが、教えてもいないルーン文字で魔法を使ってるの。

（しまった。母さまに、疑われている……？）

　一回だけなら偶然ね、で済ませられても二度三度と使えば、誰だって不審に思う。くっ、母さまがいないタイミングを見計らってトレーニングするべきだった。失態だ。どうにかごまかさないと……。

「やっぱり、天才なのね！　キャー、さすがあの人の子どもよー！」

おい。おかしいと思えよ。

乳児が、文字を操ってるの。普通じゃないでしょ。骨の例といい、知識は豊富みたいなのに、なんで父親が関与してくると抜けてるの。恋は盲目というやつだろうか。

乳児がルーン魔法を操っててもおかしくないレベルでぶっ飛んだ父親なんだろうか。気になってきたな。どんな父親なんだ。

「あら？」

俺を高い高いしていた母親が、ぴたりと停止して俺をのぞき込む。今度はなんですか。もうちょっとやそっとじゃ動揺しませんよっと。

「魔力総量が、増えてる？」

そりゃあ増えるでしょ、魔力なんだから。

「変ね、魔力の最大量は生まれた時に決まっていて、増えたり減ったりすることはないはずなのに」

え？　でも俺の魔力は増えてるんだが？

でも確かに、言われてみればゲーム内でも魔力量はキャラごとに決まっていて成長の余地は無かった。んん？　本当になんでなんだ？

「学説が間違っていたのかしら。それとも……」

母が、ごくりと喉を鳴らした。何かに気づいたのだろうか。

「やっぱり……、天才だから？」

ダメだこの人。あまりに子煩悩が過ぎる。

例外ってのはいろいろな分類を考えて、それでもどこにも当てはまらない場合に許される特別措置なんだ。最初から誰かだけが特別ってのは考えない方がいい。

それよりも、そうだな。たとえば九歳から十二歳にかけては運動神経が成長しやすい時期だって聞いたことがある。たしかゴールデンエイジと言ったか。

また、小学生くらいのころは、「九九」や「いろはうた」のような反復練習による機械的な記憶を得意とするが、ある程度の年齢を過ぎると意味を知らないと記憶が定着しないという学説もある。

物事の習得には、それぞれ適した年齢があるのだ。魔力についても、それと同じなのではないだろうか。

たとえば幼児のころは体が未発達だから魔核の発達の余地が十二分に残っている。だが体が成長すると魔核は成長の余地を失い、それ以降魔力総量は増えも減りもしない。普通の幼児は魔力を増やそうなどと考えないから、結果として魔力を増やせる時期を逸してしまう。そのせいで「魔力量は生まれた時から変わらない」と言われていると考えればどうだ？

（おお、理にかなってる！）

となれば、やることは決まっている。魔力の成長期の間に、できるだけ魔力総量を増やす。

これを念頭にひたすら特訓だ。

ᛒᚢᛜ《バング》！

……あ、これは気絶する。


次に目を覚ましたのは、窓から見える空が茜色《あかねいろ》に燃えるころだった。西日の強さに叩き起こされたわけではない。玄関の扉を強く叩く音が、けたたましく鳴り響いていたからだ。

周囲と己を確認する。母さまはいない。俺が気絶している間に出かけたのだろうか。鍵を掛けていったはいいが、どこかで落としてしまい、扉を壊して入ろうとしているとか。

いやいや、いくら母さまと言えどそこまで抜けていない。

まさか、な。

この町はどう考えても治安が悪い。家を空けている母さま。扉を壊す勢いのノック。嫌な予感しかしない。

蝶番《ちょうつがい》を壁ごと抉《えぐ》り、ドアが破砕される音が突き抜けた。

「邪魔するぜェ」

粉砕された壁から舞った埃《ほこり》の向こうに、三人の男の影が浮かんでいる。一目でわかる。こいつらは堅気じゃない。

「ここがあのアマの家か。ケケッ、ずいぶんいい暮らししてんなぁ！」

やって来たのは想像通り、押し入り強盗だった。汚いさすが小悪党汚い。お前ら、保護者のいない時間を狙って不法侵入するなんて卑怯《ひきょう》だ。

「や、やっぱりヤバいっすよアニキ！」

「ここの家の父親はやべぇ強いらしいんすよ！」

おお、いいぞ名もなきモブAとB。そのまま小ビビり散らして引き返すんだ。そのいかにも脳筋そうなお山の大将に、三十六計逃げるに如《し》かずと教えてやれ。

「ハッ！　ここの親父《おやじ》はもう一年近く帰ってきてねえよ。外の世界で新しい女でも見つけたんだろうさ。報復される可能性は限りなくゼロに近いと考えていい」

「な、なるほど！」

「さすがアニキっす！」

俺は激怒した。

おまえぇぇ！　ふざけるなよ！　なんでそんなゴリゴリの武闘派の見た目で知的キャラやってんだ。詐欺じゃねえか。ギャップ受け狙ってんじゃねえよ。

「お、すげえ。保存食がいっぱいだぜ！」

「アニキ、こっちには宝石があるっす！」

「こっちは札束っすよ。初めて見たっす」

「わはは、どうだ俺はすごいだろ。テメエら、俺についてこい」

「「はいっす！」」

背中から吹き出た汗が、俺の体温を奪っていく。

（まずいまずいまずいまずい）

本当なら、巡り巡って俺の血肉になるはずだったあらゆるものが、どこの馬の骨ともわからないモブ強盗ごときに奪われていく。

ふざけるな。奪われてたまるか。

相手を足止めする魔法、足止めする魔法、えーと。大地を意味するᛃ《ジェラ》、凍結を意味するᛁ《イサ》、束縛を意味するᚾ《ニド》、それから結合を意味するᚷ《ギュフ》を使って……よし、いくぞ！

——ᛃᛁᚾᚷ《ジーイング》。

「あん？　なんだぁ？」

「ア、アニキ、足元が凍り付いて！」

よっしゃ、成功だ。うちの家財を持ち帰ろうなんざ十年早いんだよ。母さまが戻るまで拘束し続けてやる。

「いまのは、こいつがやったのか？」

軽い音を立てて、真ん中の男の足元の氷が割れた。何事も無かったかのように、筋肉質の男が近づいてくる。

あ、あれ？　なんで、ルーン魔法は発動したんだよな？

「まさか、生まれたばかりのガキですぜ？」

筋肉質の男だけではない。コバンザメのように後ろについていた男たちも続けざまに氷の床を無視して歩き始める。

「アニキ、俺の直感が言ってるっす。こいつはここで始末しておくべきっすよ」

「なんだビビったのか？　情けない。まだママのミルク吸ってるようなガキだぞ。食い物も金目の物も手に入ったんだ。ずらかるぞ」

まずい。このまま逃がしてはいけない。俺はまだ満足に立ち歩きができない。いま戦わなければ、この敗北は一生消えない傷になる気がする。

ᛃᛁᚾᚷ《ジーイング》、ᛃᛁᚾᚷ《ジーイング》ッ！　クソ！

繰り返し発動した魔法を、男たちは意に介さない。ᛃᛁᚾᚷ《ジーイング》では、足止めができない。

（だったら、ᚢ《ウルズ》のルーンで魔法の威力を底上げする！）

届いてくれ、俺の魔法！　甘えた悪党どもを、許すな。——ᚢᛃᛁᚾᚷ《ユージング》！

宙に描いた五文字のルーンが淡く煌き、そして、消滅した。

（なっ！　不発？）

どくどくと脈打つ心臓が耳にうるさい。どうして魔法が発動しなかったんだ。魔力切れ特有の意識が遠のく感覚は来ていない。発動しない理由がわからない。

くそ、落ち着いて、もう一度。

（ᚢᛃᛁᚾᚷ《ユージング》！　……なんで、発動しないんだよ）

俺のルーンが不発に終わるたびに、コソ泥たちの背中は遠のいていく。もう届かない。俺のルーン魔法では、届かない。

（……だよ）

こんな、こんなものなのかよ。

（どうすればよかったんだよッ！）

強くなったつもりだった。前世の記憶があって、原作を知っていて、まだ言葉も満足に操れない段階から魔法まで使えるようになって、自分は特別なんだって、思っていた。

すごくない、全然。

（俺は、こんなやつらにも勝てねえのかよ）

口の中が乾く。胸の奥でどす黒い何かがとぐろを巻く。もっと俺に、力があれば――。

「それはあいつのモノだ。返してもらうぞ」

突風が吹いた。そう錯覚した。

いや、風が吹いたのは間違いない。ただそれは自然に発生した現象ではなくて、たった一人の人物が高速移動したことによって生じた物理現象だった。

チンピラどもが持ち出そうとした家財を奪い取って、無精ひげの男が部屋の中心で悠然と立っている。

「なんだ、テメエは！　それは俺たちが奪ったんだ、返せよ！」

「妙なことを。俺が奪い返したものだ。欲しければ力ずくで来い」

無精ひげの男は凄《すご》むでもなく、淡々と言い放った。それなのに、なんだ、この重圧。

不用意に踏み込めば即《すなわ》ち死ぬ。そんな根拠の無い確信が脳内でうるさいくらいに警鐘を鳴らしている。

「ビビるなッ、しょせんは一人、三人で囲っちまえばこっちのもんだ！」

「ウッ、ウス！」

「び、ビビッてなんかねえからなァ！」

部屋の真ん中に立つ無精ひげの男を、コソ泥三人が取り囲む。取り囲んで、沈黙した。

（は？）

何が起きたのか、まるで理解が追い付かなかった。瞬き一つする間に、小悪党三人の肌が引き裂かれていた。ぱっくりと赤色が見える裂傷はしかし、血が流れず、凍り付いている。

「ぎゃぁあぁぁっ！」

「痛い、痛ぇよ！」

「ア、アニキィ！」

のたうち回る小悪党どもを、無精ひげの男は無関心に見下ろした。彼の擦り切れたブーツが、小悪党を頭から押さえつける。小悪党は苦悶《くもん》の声をこぼした。

「品の無い悲鳴だ。お前ら小悪党にはお似合いだがな」

コソ泥は歯ぎしりして、悔しさをにじませた。

「失《う》せろ」

小悪党どもは傷だらけの体でふらふらと、しかし我先にと逃げ出していた。

「久々に帰ってきてみれば、ったく」

無精ひげの男は玄関口へと引き返すと、破壊された扉を拾い上げ、元あった場所に近い位置に立てかけた。それから、両手の人差し指に淡い光を灯す。

あれは、ルーン魔法！

俺には見覚えがあった。男が何をしようとしているのかがわかった。右手の指先が虚空に描くのはᛚᛒᚱ《ルブラ》の文字、左手が描くのはᛞᛜ《ディン》の文字。それぞれが意味するところは修復、そして再開。二つのルーンが並行して発動し、壊れたはずの扉が、再び扉としての役割を取り戻す。

（この顔つき、この目つき）

それに何より、希少なルーン魔法の使い手であること。

（間違いない）

俺が知る限り、この世にルーン魔法の使い手は三人しかいない。一人は俺ことクロウ。もう一人は原作主人公であるシロウ。そして最後の一人は——

「ただいまー。クロウ、いい子にしてたー？」

ちょうど帰ってきた母さまが、扉を開ける。その視線が無精ひげの男と交差して、目を丸くして、石のように硬化した。

「よう、帰ったぞ」

「イ、イチロウさん？　本当に本当に⁉」

「おう」

母さまが黄色い歓声を上げて、それから俺を抱きかかえて紹介してくれた。

「ほらクロウ、このカッコいい人がクロウのパパだよー」

三人目のルーン魔法使い、いや、原初のルーン魔法使い——原作主人公の父親がそこにいた。

(クロウくんってば、原作主人公と異母兄弟かよ！)

同じ血族なのだろうと予想はしていたけど、思った以上に近親だった。血統にも恵まれていた、のに、本編でのあのかませ犬っぷり。泣けるぜ。

これが、伝説の冒険者。原初のルーン使い。そして、俺と原作主人公の父親。

原作だと全編を通して顔に不自然な濃い影が描かれていたけど、こんな顔してたのか。原作主人公であるシロウを精悍な顔つきにしたような見た目だな。

ルーン魔法は、この人の血族だけに許された魔法だったらしい。

「もうイチロウさんったら、帰るなら帰るって言ってくだされぱいいのに」

「俺の移動より早く情報を伝える手段があれば事前に伝えるさ」

「ふふ、そうでしたね。いまご夕食の準備をしますね」

母さまがるんるんと楽しそうにしている。本当に、この人のことが好きなんだなって、そう思った。

「いや、すぐに発《た》つ」

ひるがえって、父親の方は淡白だった。

む、なんかもやっとしてきたぞ。母さまがあんたに会えてどれだけ喜んでるのかわかんねえのか。意地でも引き留めてやる。

ᛃᛁᚾᚷ《ジーイング》。

「む？」

俺のルーンが親父殿の足場を凍らせた。鼻を鳴らした俺を、親父殿は物珍し気にしげしげと観察してくる。

「いまのルーン魔法は、お前が……？」

例にもれず、親父殿にもあっさり破られました。わかっちゃいたけど、ムカつく！

「ふふ、すごいでしょうイチロウさん。あなたの子どもだってよくわかるでしょう？」

「待て、一年前にはいなかっただろ」

「生まれたばかりなんです」

「なぜルーン文字を扱える」

親父殿が俺へ化け物でも見るような目を向けた。母さまが「クロウは父親に似て天才なんですねえ」と口にすれば、親父殿は「俺とて生後数か月のころは幼児を謳歌《おうか》していた。同じにするな」とぶーたれた。

親父殿は顎に手を当て、口を尖らせて、人差し指で無精ひげをじょりじょりと撫でて、少し固まって口を開いた。

「クロウか。すでに四文字のルーンを扱うとは興味深い。魔法の発動速度も悪くなかった。さすがは俺の子だ。だが」

親父殿が空中に、一本の縦線を描く。青白く光る指先の描く軌跡はᛁ《イサ》の文字。その文字の意味は氷・静寂そして――

（は？）

目の前に映る景色が、連続性を失った。ついさっきまで俺の目の前にいた親父殿が、目を離していないのに、すぐ隣に立ち位置を変えている。

（いったい、何が起きたんだ。瞬間移動？）

氷でもない、静寂でもない。ならば停止か？　だけど、いったい何を止めたら瞬間移動が可能になる。

「いいかクロウ。ルーン魔法は文字数が多くなればなるほど制御が難しい。うまく使えばあらゆる現象を緻密に操れるが、文字数が増えれば威力の減衰を免れない」

親父殿はそこに「せいぜい四文字。それがルーン魔法を最大限活用できる範囲だと知っておけ」と付け加えた。

そうなのか。

(だから、五文字のルーン魔法は発動しなかったんだ)

親父殿がやったみたいに、両手に二文字と三文字で分け、別個の魔法として発動するっていうのが、一度に使えるルーン魔法の文字数として上限なのかもしれない。

「餞別《せんべつ》だ。とりあえずその箱を開けられるくらいルーン魔法を極めてみろ」

親父殿が俺に手渡したのは一辺五センチ程の木箱だ。「ま、そう簡単には開けさせねえけどな」とからから笑い、俺のおでこを指先でつんとつつく。

「それができたら俺を探し出してみろ。その時は俺のとっておきをくれてやる」

俺の目は輝いた、間違いなく。だってそうだろ。必殺技とか、奥義とか、一子相伝の技術を引っ提げて立ちはだかる敵キャラってのは、いつの時代もかっこいいものなのだ。

たとえばこんな感じ。

◇
◇
◇

シロウの前に現れた謎の人物。彼に向かって、シロウのルーン魔法が放たれた。だが、

「驚いたな、まだその程度のルーンしか扱えないのか？」

「なっ！　効いていない？」

シロウの魔法は、彼に通用しなかった。

「わからないな、何故《なぜ》、あの人は貴様ごときにルーンの力を分け与えたんだ」

謎の人物はおもむろに、指先をシロウに向ける。シロウは息を呑む。

「この威圧感……ッ。ありえない。これが本当に、ルーン魔法だってのか！」

「違うな、これこそが本当のルーン魔法だ」

伝説の冒険者直伝の奥義。それがいま、炸裂《さくれつ》する。

「ぐわぁぁぁぁぁっ！」

圧倒的力を前に、シロウはあまりにも無力だった。

「貴様ごときが、ルーン魔法の継承者を名乗ること自体烏滸《おこ》がましい」

◇　◇　◇

いい。原作主人公の知らない秘奥義、父親が腹違いの兄弟の片割れにだけ伝授した必殺技。最高にイカしてんじゃねえか！

……弟かもしれない？　兄よりすぐれた弟など存在しない。Q.E.D.

（はっきりとわかった）

俺の目的がなんなのか。何のために生き、何のために戦うのか。

（決まっていたんだ、最初から、理想のダークヒーローならどうするかなんて）

俺の愛した【ルーンファンタジー】が教えてくれたのは、手にした力をどう扱うかだ。誰かを傷つけることもできる手は、誰かと手を取り合うこともできるのだと、このゲームは教えてくれた。

（原作主人公が、守るための力としてルーン魔法を扱うなら、俺が進むべきは覇道。求めるは絶対的な力）

原作クロウくんみたいなかませ犬には甘んじない。主人公に勝たせないと商品の販促につながらないからという、理不尽な理由で敗北し続ける敵キャラのお約束に縛られるつもりもない。

この世界で俺は、シリーズ最高の悪役になってみせる。

たとえるなら、そう。

――劇場版限定の、ダークヒーローに！


ひと月がたった。

そのころには俺の魔力量も相当に増え、ちょっとやそっとじゃ気絶しなくなってきた。そろそろ、頃合いかもしれない。

親父殿が残していってくれた謎の小箱。見るからに魔法の掛けられたこれを解いてみろということはつまり、魔法で魔法を打ち破れということに違いない。いくぞー。

ᚦᚢᛞ《サッド》――鍵よ、強制的に、開け！

ルーン魔法は発動し、しかし木箱に変化は現れなかった。やはりそういうことか。

（俺の魔法の威力は、決して高くない、致命的なことに）

親父殿はわかっていたんだ。だからこの木箱を俺に渡したんだ。わかるぜ、親父殿。この木箱を開くだけの威力を繰り出してみろ。これはそういう試練だよな。

上等だ、やってやろうじゃないか。俺の求めるダークヒーロー像に近づくためだ。この程度の試練乗り越えてみせる。

文字数が増えると制御に意識を回すから、威力を高めることに専念できなくなる。親父殿はそう言っていた。逆説的に、一つの仮定が立てられる。

（一文字なら、威力だけに集中できるってことか？）

盲点だった。強くなるために文字数を増やそうとは考えたけれど、不要な部分をそぎ落とす発想は無かった。確かに、その方が洗練されている。

親父殿に会えてよかった。これで俺は、一段階先へと到達できる。

この一撃に――いや、この一文字に死力を尽くす！

その文字が表すのは打開策、転じて開錠。

勝負だ、親父殿。あんたのプロテクトと俺の開錠魔法、強いのがどっちか白黒つけようぜ。

――ᛞ《ダガズ》！

魔力の淡青色が、間欠泉のように弾《はじ》ける。

（は、はぁ！　こなくそ……っ！　んごごごご！）

敗北……！　圧倒的敗北……っ！

一文字に力を集約させたルーン魔法は、間違いなく小箱の封印を破った。それなのに、開かない。いや、より正確に表すなら――封印が解けるたびに新しく施錠の魔法が上書きされている。

（くそ、これでも威力不足なのか）

わくわくさせるようなことすんなよ。思わず笑みが零れちまうじゃねえか。簡単にクリアできる課題をクリアしたところで空《むな》しいだけだ。困難な試練ほどやりがいがあるってもんよ。

両手を使えばいけるか？

ルーン魔法は四文字まで。親父殿はそう言っていたが、実際には両手を合わせて五文字のルーンを並行して操っていた。つまり、左右に分けることで、制御の難易度はいくらか落ちるのではないだろうか。試してみる価値はある。

よし、右手にᚢ《ウルズ》——強化を意味するルーン文字。

左手にᛞ《ダガズ》——開錠を意味するルーン文字。

いけぇぇぇぇ……あ、開かないなこれ。まあそうだよな。左右に負荷を分散したところで、一文字あたりに対する集中力が落ちるのは避けられない。両手より片手の方が威力が上に決まっている。

くぅ、両手で強力なルーン魔法を使えたら、原作主人公に見せつけたい展開があったのに！

たとえばこんな感じ。

◇◇◇

シロウのルーン魔法が炸裂する！

「どうだ、これがルーン魔法の本当の力だ！」

「そうよ！　シロウのルーン魔法はあんたなんかよりずっとすごいんだから！」

ヒロインがシロウはすごいと絶賛する。

しかし、謎の男は何事も無かったかのように、

「ルーン魔法の本当の力？　笑わせるな」

と両手でルーン魔法を展開し、すぐさま形勢を逆転させる。

「そ、そんな。右手と左手で同時にルーン魔法を！」

「何も特別なことじゃない。お前の親父も当然のようにできるぞ」

「な！　父さんを知っているのか？」

「知りたければ力ずくで来い」

◇◇◇

まあ、威力で片手に劣っても、手数は倍だ。使える場面はあるだろう。最近は魔力を使い切るのも大変になってきたし、せっかくだから並列発動の練度も意識していこう。

(さて、改めて、どうしたものかなぁ、この木箱)

文字数を減らした。ルーン魔法の威力は上がった。だが、まだ足りない。しかし、これ以上文字数は減らせない。

親父殿にはあって、俺に無いもの――ルーン文字に対する、深い理解か？

たとえばᛞ《ダガズ》の原義は夜明けや打開策だ。だが俺は、そこに意味の拡大解釈を行って、開錠の魔法として発動した。だから、ルーン魔法の性能を限界まで出しきれなかったのではないだろうか。

ルーン魔法はルーンが持つ意味を具現化する魔法だ。原義から離れれば離れるほど威力は弱まる。逆に、原義に対する理解が深ければ深いほど、威力は吊《つ》り上《あ》がるのではないだろうか。山の標高が高いと裾野が広くなりがちなのと同じだ。突き抜けた意味解釈が、ルーン魔法そのものの威力を上げる。そう考えれば、親父殿と俺の魔法の決定的な違いにも納得がいく。

だけど、ルーン文字はせいぜい二十五種類。厳密な話をしてしまえば、ルーン魔法が本領を発揮できるのは二十五通りしか存在しないことになる。はたしてそれで、あらゆる事象を緻密に操れると豪語してよいのだろうか。

考えてみてほしい。ある日突然、二十五種類の単語しか使えなくなったとして、いままで通りのコミュニケーションを取れるだろうか。よほどパントマイムがうまい人以外は難しいはずだ。「あらゆる事象を自在に操る」ルーン魔法から見れば、あまりに少ない。

突き抜けた意味解釈が、ルーン魔法の決定力を上げる？　もっと手っ取り早い方法があるだろ。刮目《かつもく》しろよ、親父殿。これが異世界の知識を持った転生者の特権、ルーン魔法を超えた上位互換魔法。

文字魔法だ！

（【開錠】ッ！）

漢字の種類はルーン文字のそれをはるかに超える。常用漢字ですら二一三六文字。単純計算でルーン魔法の八十倍の精度で魔法を制御できる。まして、表外漢字を含めればなおさらだ。

（これだよ、この能力こそ劇場版限定のダークヒーローに求められる異能！）

俺の放った二文字の漢字は、親父殿の施した封印のルーンを完全に打ち砕いた。この力で俺は、シロウの前に絶望的な壁として立ちはだかってみせる。

たとえばこんな感じ。

◇◇◇

シロウのルーン魔法が炸裂する！

「見たか、これがルーン魔法の本当の力だ。人を守るために受け継がれてきた力を、お前みたいなやつが使いこなせるわけがない！」

「そうよ！　シロウのルーン魔法はあんたなんかよりずっとすごいんだから！」

ヒロインがシロウはすごいと絶賛する。

だが、謎の男は間髪いれず、

「ルーン魔法の本当の力？　笑わせるな」

と漢字を使った文字魔法を展開し、防戦から一転、攻勢に出る。

「そんな、いまのもルーン魔法、なのか？」

圧倒的な力を前に膝をつくシロウに、さらなる絶望をつきつける。

「一緒にするなよ。俺の文字魔法はルーン魔法を凌駕《りょうが》する」

シロウは、たまらず目をつむる。

「俺のルーン魔法が、通じないルーン使い……！　こんな相手に、どうやって戦えばいいんだ！」

◇　◇　◇

アリだ。

そんな登場の仕方をして、どうやって原作主人公が俺を倒すのか想像もできないが、きっと友情パワーやら、いがみ合っていたライバルと力を合わせて発動する必殺技パワーやらで打ち破ってくれるだろう。

俺は知っている。そういうのを、主人公補正って言うんだよね。信じてるぜ、シロウ。お前が俺を超えてくれることを。

（さて、箱の中身はなんだろうな、ほい）

粉砕された木箱だった木片をどけて、中を確認する。

（なんだこれ、鍵か？）

箱の中に入っていたのは鍵だった。一辺が五センチ程度の小箱に入っていた鍵だ。大きさは小ぶりだ。実用性のわからない翼のような装飾がキーヘッドに施されていて、鍵山の部分には細かな歯車が、まるで腕時計のギアのごとく緻密にはめられている。

鍵のかかった箱を開けたら鍵が出てきた件。脱出ゲームかよ。

（「この封印を解けたら俺を探してみろ」ってことは親父につながる手掛かりなんだろうけど）

いったいどこで使うのか見当もつかないな。いや、これも魔法で調べればいいのか。

（【鑑定】）

俺と鍵の間に半透明のプレートが浮かんだ。

【アルカナス・アビスの秘鍵】：世界で最も恐ろしい秘境の一つ、アルカナス・アビスにつながる扉の鍵。アルカナス・クリスタルという水晶でできている。

（おお、鑑定能力だ！　異世界三大チートと名高い鑑定様ですよ）

アルカナス・アビスか。聞いたことがない地名だ。シリーズ五作目があれば登場したんだろうか。俺さえ知らない【ルーンファンタジー】の世界、まさに秘境。おいおい、これ以上俺をわくわくさせる気かよ。

（待っていろよ、原作主人公）

お前の永遠のライバルとして、お前の新たなる一歩を踏み出すために、俺は死力を尽くす。

絶望的な壁として、貴様の前に立ちはだかるために。

【原作前：スラム患い】

十回目の誕生日。町を見下ろす眺望台からは、いまを生きる人々の安穏な暮らしが観測できた。一見した町の印象は、台湾の九份《きゅうふん》。山間部に傾斜を利用して立体的に広がる町には、いたるところに提灯《ちょうちん》が吊《つ》るされていた。夜になればさぞ幻想的な明かりを灯すだろうそれらも、昼の陽光の下ではわびしさを象徴するばかりだ。

「平和な町だ。束の間の安息とも知らず」

だがこの町ではいままさに、俺の手で重大な、極めて重大な任務が行われようとしていた。母さまから下されし極秘のミッション。それは、はじめてのおつかいである。

「いい？　クロウ。与えられるのを待つばかりの弱い人間になっちゃダメ。金貨二枚を預けるから、自分の誕生日プレゼントを自分で手に入れてきなさい」

方法は問わないわと最後に物騒なことを付け加えて、母さまは俺に外出許可を与えた。ちなみに金貨一枚は日本円にして百万円くらいである。何を買えと？

眺望台を下りて町を歩いていると気づいたことがある。標高と、生活水準の関係性だ。ふもとに向かって進むほどに、家の作りが粗雑になっていく。トタン板を貼り付けたような雨風をしのぐだけの住居に、道端を埋め尽くすゴミの山脈。最悪の衛生環境に、砂まみれになった包帯を巻いた老人が、皮と骨だけで路地に腰を掛けている。

(腐臭がする。ハエやウジ虫が好みそうな、肉の腐った匂いだ)

　こんな、歩けば病気になりそうな町で、どうやってあの年齢まで生き延びたんだろうと疑問に思うが、同時にそれが答えなんだろうとも思った。運よく生き延びたわけじゃない。運よく力を手に入れた実力者だから、こんなスラム街でも生きていられる。ここにいる老人たちは全員、とてつもない実力者なんだ。なんとなく、そう思った。

「きゃっ、ごめん！」

「え？」

　どん、と後ろからどつかれた。

　何が起きたのかを考えている間に、俺の横を、ぼさぼさの青髪の少女が、目を見張る速度で駆け抜けていく。活気の無い場所だと思ったけど、元気な子どももいるじゃないか……ん？

(あっ！　財布が無い！)

　枝毛の目立つ青髪少女の手には、俺の財布が握られていた。

(あの、クソガキ！　その金が無いと母さまに怒られるだろうが！)

　返せ！

「ᚢ《ウルズ》」

　ルーン魔法の利点は、文字の形が簡単なことだ。難しい漢字を書くより早く発動が完了している。こういう、発動速度を重要視するような場面では重宝する。

路地へと飛び込む少女が横目に俺との距離を確認して、驚きに目を見開いた。

「速っ、属性空《くう》の身体強化？」

――ん？　いまの横顔、どこか見覚えが。いや、気のせいだな。引きこもりの俺に知り合いがいるはずないからな。

それよりも、財布、返せ！

「ᚲ《ケナズ》」

折れ線という簡単な一画が表すのは炎。俺から逃げようとする少女の前方に着弾させて逃走路を奪う。

「ウォーターボール！」

だが、打ち出した火の粉が周囲に引火する前に、少女が魔法で消火した。手のひら大の水球を打ち出す魔法だ。

青い髪を揺らす少女を追いかける。トタン板で風雨をしのぐだけの粗末な家屋、人気の無い薄暗い路地。ゴミと吐しゃ物の腐臭が鼻を歪《ゆが》ませる小道で、俺たちは小さな戦争を繰り広げる。

（くそ、追いつけないな）

成長を意味するルーン魔法、ᛒᚢᛜ《バング》を自分にかけ続けた俺の成長は、他と比べて少し早い。

もっとも、三回目の誕生日あたりから魔力総量が伸び悩み、使うのをやめたが、平均と比べれば抜きんでた身体能力であることに間違いない。それでも追いつけないのは、少女が、地の利を最大限生かしているからだ。

「しつこいね、いい加減諦めなよ。下流区はあたしの庭だ。近道も抜け道も知り尽くしたあたしに追いつけるわけないだろう」

一理ある。だったら変えてやる。土地勘の差がお前に有利に働くなら、環境そのものを変えるまでだ。

「ᛚ《ラグズ》」

水を意味するルーンの紋章が、目も眩《くら》むほど強く発光した。イメージは激流。少女もろとも、押し流せ。

「水魔法であたしに挑む気？　舐《な》めるんじゃないよ」

振り返りざまに少女が指先を振る。

（は？）

そっくりそのまま、同じ水流が、反対側から流れ込んだ。俺の打ち出したᛚ《ラグズ》と、少女の水魔法が互いに相殺する。行き場を求めるように　水は横道へとそれていく。

「勝負あったね」

「あ？」

「空の身体強化ではあたしに追いつけず、水属性は水魔法で打ち消せる。水属性の魔法は同格」

走りながら喋《しゃべ》る少女に息の乱れはない。まだまだ余裕そうだ。

「だから俺には打つ手がない、とでも言いたげだな」

「そうさ。だから、諦めてくれない？」

少女はダメ元といった様子でおどけてみせた。

「一つ、忠告してやる。俺を貴様らの物差しではかるな」

「強がりを言――」

言いかけた少女が口を噤《つぐ》む。

「【土壁】」

「なぁっ、四属性目ッ？」

突如進行方向に現れた土壁を前に、青い髪の少女は急ブレーキをかける。それから素早く左右に視線を振ると、少し引き返して脇道へと飛び込む。

「驚くのはまだ早い。【突風】」

さっきの土壁は右手の文字魔法。そして今度のは、並行して完成させた左手の文字魔法。ほとんど同時に書き終えた文字は、間を置かずに発動した。

「そんなっ」

驚いた様子の少女が、わき道から風にさらわれ、もんどりうちながら帰ってきた。俺は愉悦に浸った。

(かーっ、気持ちいいっ！　これ、これですよ！)

これがしたくて必死に両手で文字魔法を使えるように努力してきたんですよ！

「痛《つ》ぅ」

「鬼ごっこは終わりだ」

腰をついた少女の前に、俺は立ちはだかる。ぼさぼさ髪の少女は息を呑む。

「嘘、属性魔法は、三種類までしか使えないはず」

少女がつぶやいたのは、魔法の大原則だ。この世界は地水火風空の五要素からなる属性魔法があり、最も得意とする属性の両隣は使えないという縛りがあるのだ。まあ、そんな縛りを逸脱するのが、ルーン魔法なんですけどね。

「一緒にするなよ？　俺の固有魔法は、属性魔法を凌駕する」

「固有、魔法？」

尻もちをついたままの少女が少し思案して、不敵に笑った。

「あはァ、そっか、そういうことだったんだ」

背筋が粟立《あわだ》った。俺の直感が、目の前の少女を警戒している。なんだ、何を狙っている。

「やっぱりあったんだ、属性魔法じゃない、魔法が」

「……っ！」

直感に身を任せて上体を反らした。刹那、俺の鼻先をかすめて、不可視の何かが頭上を追い越していく。

「へえ、いまのを避《よ》けるんだ。やるね」

天地がひっくり返った視界に飛び込んできたのは、斜めに切断され、ずり落ちる家屋の光景だった。

(は、背景が斬れたーッ!)

空間そのものが切り裂かれた。そう錯覚するほどの鋭利な断面だ。

なんだ、いまの魔法は、かまいたちか? かまいたちってこんなに威力が出るものなのか! なにそれ、俺も使いたい! くっ、鎌はわかる、鎌はわかるけど、イタチってどう書くんだっけ……! くそ、漢検一級まで取得しておけばよかった。チクショウ。

(ん? なんだこれ)

頬に小さなしぶきがとんだ。不思議に思って指先ですくってみると、わずかに粘り気があった。色はワインのように赤く、しかし濃い鉄の匂いがする。鼻先をかすめた攻撃に付着した、俺の血だろう。

(血? なんで、いまになって)

思考を続けたまま、目の前の少女の動きを警戒するように視線を向ける。脇をしめたファイティングポーズのように構える、少女の両拳に、俺の血が糸を引いて橋を渡している。強烈な既視感が閃光《せんこう》のごとく、脳裏に走った。

（こいつ……、原作で闇医者してる重要キャラじゃねえか！）

名前はササリス。糸を操る固有魔法の使い手だ。原作における彼女の初出は初代ルーンファンタジー。目の前の彼女より少し成長した姿で登場した時、金さえ払えば善人だろうと悪人だろうと分け隔てなく医療を施す一方で、金がなくなれば仕事仲間だろうと切り捨てる徹底的拝金主義者だったことを、よく覚えている。どうして覚えているかと言うと彼女はシリーズ皆勤賞で、間違いなく開発部のお気に入りだったからだ。

（糸か、厄介だな）

どう攻略したものか。……ん？

「うっ」

千鳥足で数歩よろめいた後、軽い音を立てて、ササリスが前のめりに倒れた。

気絶、したのか？

本当に？　近寄ったら「掛かったね！」とか言って首ちょんぱされない？　俺やだよ？　そんなかませ犬みたいな死に方。

うつぶせに倒れる彼女に対し、間合いを計るようにじりじりと距離を詰める。意識があるなら、不意をつくつもりなら、攻撃しなければおかしい距離まで近づいても反応は無い。どうやら狸寝入り《たぬきねい》りではなく、本当に気を失っているらしい。

よし、財布回収。

ササリスが目を覚ます前にとっととずらかるとしよう。そうしよう。それがいい。

それがいい、はずなんだ。

「らしくないな……」

俺は、何を考えているんだ。ダークヒーローは、友情と努力のアンチテーゼだ。俺たちの役割は、守りたいもののために戦うヒーローに対して人質を取り、「ヒーローは大変だなぁ、守るものが多くて」と皮肉を飛ばすこと。そんな不利な状況でも、いや、理不尽な状況だからこそ、守るために命を燃やす英雄は恒星のように強く輝く。「人は一人では生きていけない」というテーマを描き出せる。

(ダークヒーローに守るものなんて要らない)

彼女を助ける理由なんて無い。放っておけばいい。その、はずなんだ。少なくとも、頭の中で考える限り、この論証に誤りはない。だから、間違っていない。間違っていない、はずなんだ。


「すごいわ、クロウ！」

家に帰ると、耳がキンキンするような声で母さまがテンションをバーストさせた。

「欲しいものを手に入れて来なさいとは言ったけど、まさかガールフレンドを連れてくるなんて！　きゃーっ、さすがあの人の子どもね！」

だー、くそ！　放っておけなかった。俺は未熟者だ、非情になり切れていない。ダークヒーロー失格だ。

「うふふ、好きな子には素直になれないところがイチロウさんそっくり！」

恋愛感情なんて持ち合わせてないから、勘違いしないでほしい。

（落ち着け、冷静になれ）

ササリスは原作皆勤賞だ。ここで助けておけば、原作主人公の成長のきっかけになるかもしれない。

（そう、これは言わば、先行投資）

俺がこの世界を楽しむためにしでかした身勝手。断じて彼女の身を案じての行動ではないのだ。うん。

「ん、うゥ……ッ」

ササリスがうなされている。額には玉の汗が噴き出していて、呼吸は肩を上下にして行っている。ただの魔力切れでは、こうはならない。

「クロウ、この子、スラム患いじゃないの」

母さまが眉をひそめた。声音を硬くした。なにそれ。

「首元を見なさい」

母さまは、横たわるササリスの襟のあたりを指さした。

（なんだこれ、青白い痣《あざ》？）

痣の形状はあまりにも禍々《まがまが》しく、まるで呪いの爪痕だった。

「スラム患いは、スラムに多い病気よ。青白い腫瘍が体を蝕《むしば》み、ひどい神経痛を引き起こすの」

へえ。

「だから、捨ててきなさい」

……へ？

「スラム患いは詳しいことがわかっていない病気なの。感染するって学説もある。だけど治療法はわかっていない」

母さまは、ぎゅっと俺を抱きしめた。

「私は、あなたが大事なの」

胸が熱くなるような、空っ風に吹かれたような、言葉にしがたい感情に苛まれる。

「クロウ、あなたはいい子だから、お母さんの気持ち、わかってくれるわよね？」

母さまの期待が、俺の両肩にのしかかった。足元から母さまの影が伸びて、呪縛のようにまとわりつく。

生まれてから今日にいたるまで、俺は母さまの言葉に背いた記憶がない。母さまが怖いというのもあるけれど、体が小さくなっても精神は大人だから、迷惑をかけたくないと、思っていたからだ。

「母さまが、俺の身を案じて、捨てて来いって言ってるのはわかった」

「そう、嬉しいわ、わかってくれて」

「だけど、ごめん。母さま、それは聞けない」

母さまが小さく、驚きの声を零した。

治療法はわかってない、って母さまは言ったけど、少なくとも、原作の時点でササリスの症状は治まっていた。決して不治の病ではないはずだ。

「感染のリスクがあるからといって、治療法がわからないからといって、それは、逃げる言い訳にはならない」

口にしながら、自分自身が納得していく。捨ててきなさいと言われた時に感じたもやもやがなんだったのか。その核心に、迫っていく。

「俺は逃げない。逃げるのは、自らの格が相手に劣ると認める行為だから。理不尽が立ちはだかるなら、ぶち壊してでも俺は覇道を進む」

しばらく、無言の静寂が続いた。母さまは体を硬くして、俺は口を尖らせている。

「俺は、俺を曲げない」

俺を抱きしめた状態から面と向き合う姿勢になって、母さまは俺の目をのぞき込んだ。緊張が高まる。プレッシャーで目をそらしたくなるが、そらしたら負けの気がして意固地になる。

「やっぱり、あの人の子どもなのね」

緊張した空気が弛緩《しかん》した。母さまの顔がほころんで、花も恥じらう笑顔がこちらに向く。温かい手を俺の頭において、優しくなでてくれている。

「心配していたのよ、クロウがいい子すぎて。放ったら私が『もう少しゆっくりしていったらいいのに』って言ってもいつも『いやいい。お前の顔を見に来ただけだ。すぐに発つ』ばっかりなのよ？　私の話なんて聞きやしない」

母さまが、俺には見せない顔で困ったように笑った。恋する乙女の顔だった。ああ、本当に、親父殿が好きなんだ。なんとなく、漠然と、そう思った。

「いい？　クロウ。ルールは弱い人を守るための物なの。自分から規律に従いにいくような、弱い人間になっちゃダメ」

子どもにそんな価値観を教えるのはどうなんだろう。いや、ここがスラム街なことと、母さまが支配者階級ってことを鑑みれば適当なのかも。

「いい子なのはいいことだけど、好きな女の子の前で見栄《みえ》を張りたいのも正しい気持ちなの。正解は一つじゃない。自分でつくるものって、覚えておいてね？」

乳児期に魔法を使った時も、習ってないルーン文字を操り出した時も「まあ、あの人の子どもだもんね」で済ませた、どこか抜けた母さまが、真剣な顔で俺に教えた。めずらしい母さまの真面目な顔。母さまの一言一言が、質量を持って俺の胸の奥へと沈んでいく。

「綺麗事《きれいごと》だね」

パチリと目を開いたササリスが、おもむろに上体を起こす。苦悶の声を押し殺して、肩口のあたりを押さえている。

「あら、起こしちゃった？　いつから？」

「スラム患いが危険な病気って言ってたところから」

ふむ、ちょっと待てよ？

ということは、もし「捨ててきなさい」って言われた時に大人しく従っていたら、将来的に大変なことになっていたんじゃないか？

たとえばこんな感じ。

◇◇◇

「とまあ、あたしがクロウについて無料で教えられる情報はこんなもんだね」

薄暗い裏カジノの柱の陰で、シロウがササリスから、宿敵の情報を引き出している。

「なにか、弱点は無いんですか」

「無いね。あたしはクロウをよく知ってるけど、あれは乗り越えることもぶち壊すこともできない壁だね。弱点なんてただの一つも……いや待ちな」

「あるんですか」

ササリスがニヒルな笑みを浮かべて「ああ」と答える。

「あいつはね、母親には頭が上がらないんだ」

◇　◇　◇

(ダサい、超絶ダサい！)

あぶねえ。危うくかませ犬になりさがるところだった。こんなダークヒーローは嫌だシリーズがあれば堂々殿堂入りものだぞこんなの。

「すぐに去るよ……。割に合わない相手を狙わせたせいで、お金がつくれてないしね」

そう言えば金の亡者みたいなキャラだったなあ、なんてことを、いまになって思い出す。

「あといくら必要なの？」

母さまが言った。何が？

「知らない」

「そんなはず無いでしょう」

「新月の夜までに銀貨を十枚。それを五年分の前借り。毎月銀貨十枚返して、ようやく五年目に入ったくらい」

うーんと、つまり、借入残高銀貨一二〇枚くらい？　銀貨は日本円で一枚一万円くらいだったかな。百万超えの借金か、大変だな。

「そう、算術くらいできた方が得よ」

母さまは少し悲しげに諭した。

「算術学んで、治療費が稼げるわけじゃないし」

あーね。なるほど。完璧に理解した。誰か大事な人が病気で、その治療費を借金して、必死に返済している。そういうことですね？

「まして、お母さんのスラム患いが治るわけでもない」

原作におけるササリスの徹底的な拝金主義。彼女の人格は、ここから形成されたのではないだろうか。

「盗んででもお金をつくるしかないんだ。お母さんを、助けるためには」

自分は必死にお金を工面した。だから、同様のことを相手に強いているのだとすれば。お金をつくる大変さを知っているから、金さえあれば善悪問わずに治療を施す闇医者になったとするならば。すごく、しっくりくる。

あれ？

「スラム患いは、治療法がわからないんじゃなかったのか？」

嫌な沈黙が、場を支配した。沈黙を貫くことはできた。だけど、ここで言葉を呑み込むことが彼女のためになるとは思えなかった。

「お前、騙《だま》されているんじゃないか？」

「そんなことないッ！」

言い終えるか否か、ササリスが強く否定した。

「お母さんは助かる！　死なせない、絶対に助ける……そう、約束したんだ。勝手なこと、言うな！」

ササリスは憤慨して、家から飛び出していった。最後に見た彼女の顔が、涙をこらえる表情が、ひどく脳裏に焼き付いた。

「クロウ。いまのは、あなたが悪いわ」

わかってる……。

「追いかけないの？」

「……」

ああ、もう、難しいことを考えるのはやめた！

（そうだよ、何かがしっくりこないと思っていたんだ）

その理由が、はっきりとわかった。

ダークヒーローは、自分の生きたいように生きるものなんだ。誰にどう思われるかとか、誰に後ろ指をさされるかとか、もうそんなことどうでもいい。

（俺も、俺のやりたいように生きる）

俺が憧れたダークヒーローたちが、かつてそうしてきたように。

飛び出していったササリスを追って家の外に出た時には、彼女の姿はどこにも無かった。どうやって追いかけるかって？　心配無用。そう、文字魔法ならね。

「【導《しるべ》】」

ササリスの追跡をイメージした文字魔法は、しかし発動しなかった。

あれ？

「クロウ、魔法の練習は、いましないといけないこと？」

ぴゃ、待って母さま！　これには深いわけがあってですね。ほら、ササリスがどっちに行ったかわからないと捜しようが無いわけじゃないですか。だから仕方なくですね！

（い、いまのは文字の意味が曖昧すぎたかな？）

だったら、制御は難しくなるけど文字数を増やして精度を上げよう。

「【追跡】」

指先が淡く光り、虚空に紋章を描き、消滅した。……あれ？

「クロウ？」

振り返らなくてもわかる。母さまが笑ってない。待って、母さま！　本気、俺本気だから。遊んでるわけではないのです。次、次で決めるから！　えーと、えーと。

「【探知】」

強い祈りが、きらめく星のように瞬《またた》いた。そしてついに発動した。半径十メートルほどの、狭い範囲で。

（……あ、わかった）

発動しなかった二種類の文字魔法、【導】と【追跡】。これらの共通項に、気づいてしまった。

「く《ケナズ》、く《ケナズ》」

右手と左手で同じ紋章を描き、仮説を検証してみる。左手のルーン魔法はすぐ手元で、右手のルーンは【探知】で知覚が鋭敏化している範囲の外で、具現化を試みる。すると、手元側のルーンだけが炎に化けた。

（文字魔法は、発動できる範囲に制限があるのか）

むむむ。家に籠っていた時は気にならなかったけど、これは結構致命的だ。どう致命的かというと、たとえばこんな感じ。

◇◇◇

「ぐっ」

文字魔法の直撃を受けたシロウが、足裏で長距離に渡ってわだちをつくり、膝をつく。

（クロウは強い。けど、まだだ、諦めるな）

ルーツが同じ魔法なら、攻略の糸口はある。顔を上げろ、闘志を燃やせ。

（妙だ。やつはなぜ、追い打ちを掛けてこないんだ）

姿勢を崩したシロウなど、格好の獲物だっただろう。ルーン魔法を凌駕する文字魔法ならなおさらだ。それなのに、なぜ。

「見えたぜ、クロウ。お前の弱点、それは——俺と同じで射程が短いことだッ！」

◇　◇　◇

嫌だぁぁぁぁ！

こんな展開は嫌だ。その後どうするんだよ。お互い魔法の届かない遠距離でしょっぱい打ち合いするのか？　そんな戦い方嫌だよ俺！

（はぁ、はぁ、落ち着け。ピンチはチャンスだ）

発想を逆転させろ。もし、もし俺が、射程の短さを克服できたとすれば？

たとえばこんな感じ。

◇　◇　◇

「クロウ、お前の魔法は俺のルーン魔法より強い……けど！」

シロウが素早くバックステップを踏む。クロウと距離をあける。

「ルーツは同じなんだ。こうして距離をあけてしまえば、対等に戦える！」

シロウの取った戦略は、ルーン魔法の射程が短いことを利用した遠距離戦だった。

「対等、だと？　くっはは」

「っ、何がおかしい！」

「おかしいさ」

高らかに笑った後、クロウは笑みを潜めて、淡々と文字を描いた。

「ぐあぁぁぁぁっ！」

ありえない。爆風が揺らす脳内で、シロウは驚愕した。

「届かないのは、貴様の魔法だろう？」

クロウの文字魔法は、シロウのルーン魔法を完全に凌駕している。

「そんな、射程の弱点まで克服しているなんて……こんな相手に、どうやって勝てばいいんだッ！」

◇　◇　◇

アリだ。これだ、これをやりたい。よし、文字魔法の射程をどうにかするぞ！

「クゥローウ？」

びくんと、背中を丸めてしまった。

（そうだった、ササリスを追いかけている途中だった！）

捕らぬ狸の皮算用なんてしている場合じゃなかった。早く追いかけないと。えーと、えーと、そうだ。

「【式神《しきがみ》】」

俺に人の足跡をたどる技術は無い。だったら、人を探せる術に頼ればいいじゃない。いやー、見せつけちゃったな、タクティクス。穴の無い完璧な作戦だ。

……文字魔法が発動しなかったことを除けばねっ。

「クロウ、いい加減にしなさい！」

母さまが怒った。逃げろー！

母さまから逃げるのに必死で町を歩いているうちに、自分がどこにいるのかすらわからなくなってしまった。うぅ、ここどこぉ。

（魔法の世界に呪術を持ち込むのは無理があったか）

というか、その理論だと【無線通信】とか【宇宙船】とかも無理なのでは……あ、無理そうですね。

うーむ、だったら【火薬】とか【羅針盤】は？　あ、こっちはできるのね。そういえば原作の方のルーンファンタジーでもこのあたりの技術は登場してたもんな。

（操れるのは、あくまでこの世界で過去に定義された事象に限るってところかな）

ふむ。つまり、天才的なドワーフを見つけて現代技術を再現させれば文字魔法の幅が広がるってわけですね！

よーし、いずれドワーフの里を侵略しよう。それで水爆とか再現させようぜ。シロウとの戦いの最中に降らせるんだ、流星群のごとく。きれいな花火が打ちあがるぜ。

（問題と言えば、もう一つ）

俺は指先でᛈ《ペオース》の文字を描いた。書いたまま、魔法は発動させず、文字形態のまま維持を続ける。

（文字の形態を、長時間は維持できないんだよな）

指先に込めた魔力は時間経過とともに魔杖へと引き返していった。ほどなくして、虚空に描いたルーンも消滅する。

骨の魔力伝導効率が高すぎるんだ。魔力が安定を求めて魔核に引き返すのを抑えられない。流れるプールで流れに逆らい、その場にとどまり続けようとしても難しいのと同じだ。

（くぅ、先に文字を書いておいて時間差で攻撃！　とかやりたかったのに！）

俺はあきらめないからな。いつか持続可能な文字魔法を開発してやるんだ、ロマンのために！

その時、ちり、と皮膚がひりつく空気がただよった。不思議に思って直感通りに気配をたどっていくと、お通夜のような陰惨な空気を発散する少女の姿があった。

（お。いた。ササリスだ）

そうだった。忘れかけていた。俺はササリスを探していたんだった。まさか適当に歩いているだけで本当に鉢合わせてしまうなんて。運命的な何かが働いていそうでちょっと怖い。

（あいつ、何しているんだ？）

ササリスは路地の陰から反対側の通りをうかがい、何かを思い詰めたようにその場でぼそぼそとつぶやいている。

「【諦聴《ていちょう》】」

俺の聴覚が鋭くなると、向かいにいるササリスの独り言が聞こえるようになった。

「お母さんは助かる、助かるんだ。お母さんが助かるなら、他の人の金だって奪う。でも、もし……お母さんが助からないなら、あたしは何のために」

俺は自分の財布の口を開いた。母さまから好きなものを買ってきなさいと渡された二枚の金貨が、いまかいまかと出番を待ちわびている。

「おい」

声をかけると、ササリスはびくりと身を震わせた。少し焦った様子で、彼女の鋭い目と目が合う。

「あんたか、あたしを捕まえに来たのかい？」

首を振りながら近づいた。ササリスは警戒した様子だが、その場を離れる気配はない。

「だったら、何の用？」

俺は財布から二枚の硬貨を取り出した。

「はっ、何。憐《あわ》れみのつもり？　おあいにく様、欲しい物は自分で手に入れる。恵んでもらうつもりなんて無い」

「等価交換だ」

「え？」

「お前が金を納めている組織の情報、そいつを洗いざらい俺に話せ。これはその代価だ。ただで恵むつもりはない」

ササリスは金貨を見て、俺の顔色をうかがって、口を尖らせた。

「冗談、金を払ってまで知りたい話じゃないだろう」

「お前こそ知らないのさ、情報の価値を、物事を判断する基準の重要さを」

ササリスは難しそうな顔で首をかしげた。無理があったかと思いつつ、俺は付け加えた。

「前提条件を誤認すれば、付随する判断まで誤る。金を払う価値はあるのさ、十分な」

「ふぅん、変わってるね」

言い放って、ササリスはもう一度雑踏を見た。それからぽつりと、消え入るような声をこぼした。本来であれば誰の耳にも届くことの無かった声はしかし、聞き耳を立てていた俺にははっきりと聞こえていた。「まあ、盗んだ金よりよっぽどマシか」。ササリスは小さくため息をつき、こちらに手のひらを向けた。俺が二枚の硬貨を投げ渡すと、彼女は器用につかみ取った。

「いいよ、話してあげる。うちの組は結成十年の、まあ中堅だね。構成員は……あたしが所属してから四年、数えきれない子どもが入ってきて、数えきれないくらい死んでいってる。百はいってないと思うけど」

「子ども……」

「言っておくけど、この町に大人なんて少数だ。大体は大人になる前に死ぬ。大人になれる強い奴《やつ》は、だいたいジジイババアになるまで生きてる。ガキが無知だから従えやすいって理由じゃない」

何も言ってないけどな。自分でそこを補足するのは、自分が知識不足ゆえに騙されたと気づいたからなんじゃないのか？

「あたしら末端の多くは根無し草。月に一度、金を納める時だけさ、顔を合わせるのは」

「集まるのか？　百人近くの構成員が」

そんなにキャパシティのある建物、そうそう無いと思うけれど。

「ああ、料亭アージエサロウってところにね」

どこかで聞いたことあるような。どこだったか。

「もういいだろ、これ以上話すことなんて何も無いよ」

思い出そうと必死になっていると、ササリスの声で思考が中断された。まあいいか。思い出せないってことは大したこと無いんだろう。

「あのさ」

雑踏に向かって歩き出していたササリスがふと足を止め、振り返った。頬を染め、少し挙動不審になりながら、毛先を指先で手慰みにしている。

「ありがとう、またね」

駆け足で去っていくササリスを、俺は見送った。

（いや、やっぱり放っておけないよな）

俺はダークヒーロー失格だろうか。いいや……誰でも。

◆◇

――日が落ちても月が昇らない、新月の夜。ある料亭に、ササリスはいた。料亭の名前はアージエサロウ。窓際の一角で、彼女はぼんやり、外の景色を眺めている。

「おう、ここにいたか、ササリス」

彼女の席の前についたのは、顔が左右で形の違う男だった。ここ、アージエサロウを経営している男で、上流区の人間ともつながりがあると噂《うわさ》の人物だ。

「ほれ、今月の上納金を出しな」

ササリスは懐から二枚の硬貨を出した。

「ひゅぅ、今回はずいぶん頑張ったじゃねぇか。いつもは下限しか出さないのに、どういう心境の変化だ？」

アージエサロウから眺める町並みは、あまりにも幻想的だ。提灯の明かりが、他の料亭の光が、キラキラと輝いて見える。

「どうだっていいだろう、そんなの。それより、これで言われた金は払ったはずだよ」

目と鼻の先にあるのに手が届かない景色。ずっと、そう思っていた。だけど、そんな日々ももう、終わり。

「約束だ。お母さんを、助けてくれ」

男は最初、目を丸くした。ササリスは最初、自分は一矢報いたのだと胸を躍らせた。だが、そうではなかった。男の顔が驚きから、蔑むように、下卑た笑みを作り上げていく。

「ぎゃははは っ！　言われた金を払った？　本気でそう思ってんのかよ」

「何を言って、だって、治療費を立て替えてくれるって、金貨六枚、新月の夜に銀貨十枚を五年分だって、最初に」

「あーっはっは、いいかよく聞け、ササリス。金の貸し借りにはな、利子が付くんだよ」

「利子……？」

「お金を貸してくれてありがとうございますって気持ちのことだ。最初に取り決めしただろう？　毎月複利十パーセントだって」

顔が半分歪《いびつ》な男は煙草《たばこ》をふかした。白い煙がササリスの目の前を覆いつくす。

「ざっと金貨五百枚。それがいまのお前の負債だよ」

「五百っ、話が違う！」

「違わねえよ」

「だって、誰も教えてくれなかった！」

ササリスは指先から冷たくなっていくのを感じた。目の前の現実が空虚な悪夢に思える。

「知らねえほうが悪いんだよッ、ぎゃははは！」

料亭で働く人間が奥からやってきて、肉料理をサーブした。男はそれをフォークで突き刺し、口に頬張ると、くっちゃくっちゃと音を立てて貪り始めた。

「あたしを、騙してたの？」

「いいやぁ？　お前の無知につけ込んだだけさ」

下唇を、噛《か》んだ。脳裏に、ある男子の言葉がよみがえる。

――お前こそ知らないのさ、情報の価値を、物事を判断する基準の重要さを。

――前提条件を誤認すれば、付随する判断まで誤る。

彼は正しかった。ササリスは、間違えた、残念ながら。目頭が熱い。視界が霞《かす》む。

「でも、でも、違うよね」

他の大事なことが、見えてなくてもいい。騙されていることには、うすうす気づいていた。

ササリスにとって大事なことは、そこではない。

「金貨が必要なら何百枚でも稼ぐ。だから、だから」

喉から重たいものがこみ上げてくる。鼻の奥がツンと痛い。

「お母さんを助けてくれるってのは、嘘じゃない。そう、でしょう？」

そしゃく音が鳴りやんで、男が肉を呑み込んだ。それからフォークの三叉《さんさ》をササリスに向けた。

「くくっ、はーっは！　まだそんなこと信じてたのか！」

唇を震わせる。喉を鳴らして声を殺す。

「スラム患いの治療法なんざ知るわけないだろ」

何かが砕ける音がする。

「嘘、だ」

「嘘じゃねえよ」

「嘘だ、嘘だ！　だって、だったら」

心臓が締め付けられる。息ができない。自覚した罪悪感に押しつぶされそうになる。

「だったら、あたしは、なんのために……」

歪な顔つきの男はササリスが涙をこらえるのを、ニタニタと楽しんでいた。

「……ざ、けるな」

間違いは、訂正しなければいけない、迅速に。

「ふざけるなぁぁぁぁっ！」

ササリスは手のひらをかざすと、水球を呼び出した。怒りで昂《たかぶ》った感情が、本来こぶし大のそれをバスケットボール大にまで巨大化させている。

「おっと」

ササリスが放った水球は、男の顔の横を通り抜けて、背後の壁をぶち破った。男が上体を反らし、魔法の軌道上からわずかに逃れたからだ。

「逃がすか……うぐっ」

続けざまに水球の魔法を構築しようとして、しかし制御を失った魔力が足元に水たまりを作るに終わる。

ササリスが歯を食いしばったのは、そうしなければ前のめりに倒れてしまいそうだったからだ。辛《かろ》うじて膝をつき、意識を手放すことだけは避けている。

「その青い痣が苦しそうだなァ、ササリス？」

男がササリスの喉元の痣を指摘する。体がきしむ。冷や汗が止まらない。鼓動が速くなって、耳の裏からどくんどくんと心音がうるさく鳴り響いている。

「魔力が体内で渋滞し、神経痛を引き起こす。典型的なスラム患いの症状だな。母親のがうつったか。親子そろってけがらわしい」

「うる、さい！」

ササリスが激痛に顔をゆがめた。魔法を行使しようとすると、体が拒絶する。

「やめとけ、無理に魔法を使おうとすると体に障るぞ？」

膝立ちのササリスの前に立った男は、彼女の頭をブーツの底で踏みつけた。

「かハっ」

「ったく、オレがせっかく育ててやったのによォ。お前には失望したぜ。まわりのやつらに感染したら、どう落とし前をつける」

男は手のひらをササリスに向けてかざすと、こぶし大の岩石を作り出し、勢いよく射出した。ササリスが糸魔法で抵抗しようとするが、糸は出なかった。まるで魔力がせき止められたかのように、魔核から腕へと伝わらない。

「ぐっ」

首をひねって直撃は免れた。それでも、頬を鋭い岩が引き裂いていった。熱い線が頬に走る。

「ササリスよぉ、オレは組員のことを大事に思ってるんだ、本当の家族みたいにな。だから、お願いだわ」

極限の状況下に置かれたササリスには、目に映るすべてが緩慢に動いて見えた。

「──潔く、死んでくれや」

男の言葉が、やけに耳に残った。

呼吸が灼《や》けるようだ。目の前がちかちかする。意識して集中を保たなければ、いまにも気を失ってしまいそうだ。

最初に理解したのは、死ねば楽になれること。だけど、頭ではわかっても、感情がそれを良しとしなかった。

（まだ、くたばるわけには、いかないんだ）

息を吸って、吐く。痺《しび》れた脳が、ほんの少しだけクリアになる。それだけで十分だ。たった一つの決意を固める余地さえあれば、他は何もいらない。

「死ぬのは、お前を、殺した後にする」

親指を犬歯に押し当てて、ササリスは力強く指の腹をかき切った。男の背景が、一刀両断された。

男にはわけがわからなかった。指の腹を噛み切ったことと、背後の景色が豆腐のように引き裂かれたことに因果関係を見いだせなかったからだ。だが、観察するうちに、気づく。

「テメエ、なんで」

ササリスの親指に滴る血。それが意思を持った細長い生物のように、自由自在にうねっている。あるいは、現代日本に生きる人間が彼女を見れば、こう思ったはずだ。ヤマタノオロチが人の姿を借りて出た、と。

「スラム患いのお前が、なんでそんな大規模の魔法を使える！」

どくどくと流れる血を、まるで糸を操るようにササリスが自在に動かす。男がとっさに生み出した岩壁を、ササリスの血は紙を引き裂くように切り裂いていく。

「ぐあっ」

「つかまえ、た」

ササリスの血の糸が、男を拘束した。とぐろを巻く蛇のように、身体をがんじがらめにしている。いや、引き裂こうとしている。血肉がぱっくりと裂けて、男の血がどくどくとあふれ出し始める。

「くそ、テメエら。何を呆《ほう》けてやがる！」

男は属性空の魔法で肉体を強化しササリスの糸に抗うと、料亭アージエサロウに集まった組員たちに向かって吠《ほ》えた。

「乱心のササリスを止めろ。殺した奴は負債をチャラにしてやる！」

男が発した言葉はあまりに甘美で、誘惑はどうしようもなく魅力的だった。組員たちの目の色が変わる。

「負債が、チャラ？」

「ははっ、よし、自由を手にするのは俺だ！」

「なっ、抜け駆けさせるかよ」

ササリスは男に向けて伸ばした血の糸を、自らの指を使って引き絞った。刃物のように鋭い糸は、ササリスの指先を引き裂き、鮮血を滴らせる。

「あたしの、邪魔をするなァぁぁぁッ！」

親指以外の四本の指から流れる血を鞭のようにしならせて、空間を縦横無尽に走らせる。

「うっ、や、やっぱやめた」

「俺も。死にたくねえ」

血しぶき舞う料亭で、男たちは敗北を悟った。

「テメエら、俺を助け……」

男の泣き言が、最後まで紡がれることは無かった。

「あ？」

ササリスがぱたりと、軽い音を立てて、その場に倒れたからだ。

「は、ははっ」

男は笑った。乾いた笑いから、少しずつ、生きのいい笑い声へと変わっていく。

「そうだ。これだけ血を流したんだ、無事なはずがねえ」

あたりを見れば、ササリスの血がこれでもかとまき散らされている。

「残念だったなぁ、ササリス。あと一歩だったのに」

血の糸から解放された男が、一歩、また一歩と、おもむろにササリスへと歩を進める。自らの血だまりに倒れ伏して、彼女は歯を食いしばる。

（死ねない、まだ、死ねない、のに）

全身が重たい。血が抜けていくほどに体重は減っていっているにもかかわらずだ。

（誰か、誰でもいい。あたしの全部、捧《ささ》げるから、一生かけて、恩を返すから、だから、お願いだよ）

頭ではわかっている。祈ったって届かない。身の程を知らない、無謀な望みだって気づいている。それでも、感情は納得してくれない。

「死ね」

「――死なせて、たまるかよ」

◇◆

ここだ、ここしかない！

ササリスがやられる一瞬前、俺は間に割り込んだ。放った魔法は水を意味するルーン、ᛚ《ラグズ》。文字数を減らして威力を増したルーン魔法は、男の腕を貫いた。

「ずいぶん、愉《たの》しそうなことをしているな」

「ぐっ、なんだぁ、テメェは」

男がガンを飛ばして来た。

あーやだやだ、三下臭がひどいぜ、お前。隠し切れないかませ犬の匂いがぷんぷん漂ってやがる。

「お、お前、いや、あんたは、まさか、姐さんの」

ん？　姐さん？　なんだろう、アージエサロウといい、姐さんといい、どこかで聞き覚えが。

「お前」

突然、前触れなく、天啓を受けるかのごとく、俺の脳裏に電流が走った。思い出した。こいつは、母さまにみかじめ料を納めに来ているおっさんだ。

（ハッ！　しまった、小悪党の顔を覚えてしまった）

これは減点ポイント。ダークヒーローはかませ犬の顔など決して覚えないのだ。

「誰だ貴様は」

思い出キャンセル。許せ、オレっちくん。俺の体裁のために記憶から消えてくれ。

「へ、へい。姐さん、クロウ様の母君に仕えております。見ての通り取り込み中でして、できれば本日はお引き取りを願えませんか？」

手を擦り、足を擦り、お前はハエか。近寄るな。かませ犬臭がうつる。

「時間は取らせないさ」

天を仰ぎ、ᚦ《スリサズ》を虚空に描いた。このルーンが意味する事象は、雷。

「すぐに片付く」

天雷が降り注ぎ、アージエサロウを燃え上がらせる。

「オ、オレの店が、何てことしやがる。いったい、オレが何をした！」

何をしたって、そうだな。

「俺を苛立《いらだ》たせた。だから潰す。ᛁ《イサ》」

凍結を意味するルーンが、男を足先から凍らせていく。かませ犬よ、氷獄に眠れ。

「ふざけるな、なんだ、その理不尽はッ！」

おいおい、知らなかったのか？

ダークヒーローは、理不尽の権化、なんだぜ。

「雑魚はいくら倒しても、憂さ晴らしにもならないな」

吐き捨てて、勝利の余韻に浸る。

気持ちいいー！　しょうもない悪党を実力でねじ伏せる瞬間はたまらないぜ！

「あなたは、何者なの」

血だまりに伏せるササリスが、重たそうに顔を上げる。必死の形相は鬼にも見える。

「さっきも、そうだった。風の上位属性である雷に、水の上位属性である氷、そんなにたくさんの属性を極めるなんて、普通じゃ、ない」

わかる？　わかっちゃう？　かー、あふれ出る覇王のオーラは隠し切れないものなんだよなぁ。困っちゃうなぁ。

「知りたいのは、そんなことなのか？」

「……どうでもいいや。あたしが知りたいのは一つだけ。あなたの魔法なら、お母さんを、助けられる？」

ササリスの声は、気を抜けば涙があふれそうなほど弱々しかった。

あいまいな返事をするべきではないと思った。彼女のむき出しの感情に、きちんと、正面からぶつかるのが誠意だと感じた。

「一つ、教えてやろう」

やってみなくちゃわからない、なんて言葉は口にしない。それは主人公が使うべきセリフだ。

だからこそ、ダークヒーローを目指す俺は、相応《ふさわ》しいこの言葉で返そう。

「俺の辞書に、不可能の文字は無い」

ササリスは胸を手で押さえ、震えるその手をもう一方の手で押さえ、俺に訴えかけた。

「だったら、お願い」

血だまりに、ひと雫、涙がぽつりと落ちていく。二つ三つと続けて滴り落ちていく。

「助けて……っ」

ダークヒーローは人助けなんてしない。少なくとも、誰かのためには。

「誰が苦しんでいようが俺には関係ない。だが」

ダークヒーローが動くのは、自分のためだけだ。

「不治を騙《かた》る病か、潰しがいがありそうだ」


ササリスに【止血】、【増血】あたりの魔法を使い、ひとまず一命をとりとめたなら、次は彼女の母親の番だ。

「こっちだよ」

傾斜の強い坂を下っていく。夜の賑《にぎ》わいが遠のいていく。あたりに漂うは、不穏な空気。ほとんど平地に近いところまでやってくると、今度はゴミの山が起伏を繰り返して峰を作り上げている。

同じような景色が繰り返されるゴミの道を、ササリスは迷うことなく進んでいく。

「ついた」

ゴミの山を抜けるとそこに、古い建造物があった。現代に存在すれば間違いなく心霊スポットに認定されるような、おどろおどろしい木造の建造物だ。

「スラム患いは、ここで治療を受けるんだって。そう、教えられてきた」

嘘だったみたいだけど、と。そんな副音声が聞こえてくるような、含みを持たせた言い方だった。

(隔離病棟、か)

立て付けの悪い戸を引いて、ササリスが一室へと入っていく。粗末な敷物《しきもの》の上に、一人の女性が横たわっている。

「ササリス。あなた、また、戻ってきたのね。もう、放っておきなさいと言っているのに」

しわがれた声だった。頬がこけ、頭蓋骨の形がわかるほどに肉の落ちた、干からびたミイラのようなまぶたが押し開かれる。

だけど、何より印象に残ったのは、その人の放つオーラだった。

(なんだ、この肌、青白い斑点？)

女性の肌は全身に淡青色の炎症が起きていた。俺が思い出したのは、時代劇医療ドラマで見た梅毒の患者だ。全身に発疹《ほっしん》が現れ、一部が腫瘍化してただれる、背筋の粟立つような症状。

バニラソーダのように残酷な青色が、濃密な死の気配をまき散らしている。

「聞いてお母さん。お母さんの病気は治るんだ」

ササリスの母が俺を一瞥《いちべつ》し、またササリスに視線を戻し、呼吸をひとつ置いた。

「ありがとう、ササリス。でも、もう、わかってるの」

「わ、わかってるって、何が？」

「この体は、長くないって」

ササリスの母の目が、どこか遠くで像を結んでいる。この時間軸ではない、別の記憶を思い返している。

「あなたのお祖母《ばあ》さんもね、お母さんと同じだった。この青い模様が現れて、徐々にやつれていって。最期を看取《みと》ったのは、お母さんだったわ」

「あたしは、認めない。そんな結末、絶対に許さない！」

ササリスが力強い目で俺を見る。わかってるって、皆まで言うな。

「【快復】」

宙に描かれた二つの文字が輝き、女性に降り注ぎ、だけど弾かれた。

「フッ、上等だ」

なんとなく予感はしていた。文字魔法の適用範囲は、現時点で存在が確立されていることに限る。言い換えれば、現時点で不治の病と定義されている病気なら、治療法がわからないなら、治すことはできない。

俺の文字魔法と、不治の病。どっちが強いか白黒つけようか。

（考えろ。こけた頬、やせ細った体。まともな食事ができてるはずがねえ）

食べるという字は人が良くなると書くように、九割の病気は食生活が原因とされている。

たとえば明治時代。人は白米と一汁一菜が基本。大量のご飯にわずかなおかずという生活では栄養が偏り、脚気《かっけ》という病にかかる人が多かったと聞いたことがある。

（アンバランスな栄養に加えて、スラム患いの、魔力循環を阻害する性質）

ピースはそろった。謎は解けた。

「骨、か」

骨は魔力の伝導路だ。道が悪くなれば魔力の流れが淀《よど》むのは道理。内出血した場所が青あざになるように、魔力の溜《た》まった場所に青白い病状が発生するのだろう。そしてそれは神経痛を伴い、罹患《りかん》者の体をゆっくりと蝕んでいく。

それなら、この文字魔法ならどうだ。

「【骨量《こつりょう》増加】」

俺が選んだ四つの文字。それは、ササリスの母親の骨を強化し、スラム患いの症状を緩和するはずだった。俺の予想では。

（失敗した？　どうして）

骨量の定義が存在しない、のか？

「ねえ、どういうこと？　何が起きてるの？」

ちょっと待って、いま考えてる。

この世界に存在しない言葉を、どうやって実現すればいい。

（待てよ。この世界に、存在しない言葉？）

要するに、この世界で言葉の意味が定義されてしまえばいいのではないだろうか。

ササリスを一瞥すれば、不安げな瞳が俺を見上げている。

（試してみる価値はあるか）

俺はササリスの母親の右胸、魔核から、鎖骨を通り、肩、肘、手のひらへと指先で示す。

「お前の母親は骨がスカスカになっちまってる」

いわゆる骨粗しょう症というやつである。

「骨を構成するのはカルシウムをはじめとするミネラル成分。一定容積の骨に含まれるそれを骨量という。この骨量が低下することで魔力の通りが悪くなり、残留した余剰魔力が体に悪い影響を及ぼしてるんだ」

ササリスは食い入るように聞き入っている。

「理解、できたか？」

「う、うん」少ししてうなずいた。

よし、なら、もう一度チャレンジだ。

「【骨量増加】」

淡く光る魔力の輝きが、柔らかく降り注ぐ。やつれ細ったササリスの母親が、目を丸くして自らの体調の変化をしげしげと観察している。

（いける！）

いやまだだ。【健康体】、【快復】、【好調】。膨大な魔力にものを言わせ、彼女の体の状態を健常と言える水準まで引き上げる。

「そんな、まさか、本当に」

すべての文字魔法が魔力の輝きを失う頃には、すっかり健康的な肉体になったササリスの母親の姿があった。

「お母さん！　よがっだ、よがっだよぉ！」

失った魔力の量が、事態の深刻さを物語っている。だから、ゲーム内では決して見ることの無かったササリスの、子どもの癇癪《かんしゃく》みたいな号泣も、からかう気にはなれなかった。

「このたびは、本当にありがとうございました」

礼はいらない。感謝の言葉が欲しくて治療したわけじゃない。俺は俺の文字魔法の限界に挑戦し、成長を遂げたかっただけだ。

「この御恩を、どう返せばよいか」

俺は俺のやりたいようにやっただけだ。

見返りなんていらない。欲しいものがあるなら、己の手でつかみ取る。それが、俺の求める、理想のダークヒーローだ。

「大丈夫だよ、お母さん、もう決めたから」

「え？」

「必ず返すよ、この恩は絶対に」

ん？　んん？　なんか不穏な空気なんだが。

「あたしの、一生を捧げて！」

いらない！

本当に、いらない！


月の無い町並みを、息せき切って走った。

（はぁ、はぁ、まいたか？）

ササリスといえばシリーズ皆勤賞の開発部のお気に入り。ひるがえってクロウくんは（おそらく）シリーズ最低クラスの嫌われ者。混ぜるなキケンなのは目に見えている。

「あはは、待った？」

突然ササリスが目の前に現れて、心臓が飛び出すかと思った。危うく情けない声出すところだった。驚きを押し殺した俺はナイスだ。

（あれ？　俺一直線に帰路についたよな？）

いつ、抜かされたんだ。

「下流区はあたしの庭なんだ。近道や抜け道なら知り尽くしてるんだよ」

背後を見るのに夢中になっていた俺は、前方に待ち構えるササリスの罠《わな》に気づかなかった。

ただでさえ細く編まれた糸は、新月の夜の闇に溶け込みまるで見えない。気づけば俺の体は、ササリスの糸で巻き取られていた。

「ぐぬぬ」

「ねえ、お願いがあるんだ」

「ぐぬぬ」

糸で姿勢を崩した俺を、ササリスが押し倒す。

「あたしに、知恵を授けて」

は？

「よくわかったんだ。知る重要さを、教えてくれる人がいる大切さを。だから、お願い」

人気の無い通路に、提灯の明かりは無い。遠く、華やかな上流区の町明かりが、薄く、輪郭を照らすだけだ。だけど、わかった。ササリスの頬が、わずかに紅潮している。

「あたしの、師匠になって！」

いやだ。

「できれば内弟子！」

いやだ！

「ぐぬぬぬぬ！」

もがくが、馬乗りになって、マウントポジションを取るササリスからは逃げられない。基礎的な身体能力が不足している。

「重い……っ」

「なっ！　お、重くなんてないわよ！」

顔を赤くしてササリスが腰を浮かせた。チャンスだ。

——ᚱ《ライド》、風よ、巻きあがれ！

「きゃぁ！」

わはは—。俺の勝ちだ。可愛《かわい》らしい悲鳴を上げてる間に俺は逃げさせてもらうぜ。はっは—。

「まあ、逃がさないんだけど」

ササリスの糸が俺の腕に巻きつけられていた。いつのまに？

(というか、母親のスラム患いは治したけど、こいつのはまだ治してないんだよな？)

なんで平然と魔法を使えるんだ？

「なんで平然と魔法を使えるんだ？　とても聞きたげな顔だね」

人の心を読むな。

「知りたい？　ねえ、知りたい？　教えてあげよっか？　あたしの師匠になってくれるなら教えてあげてもいいよ？」

ならいらない。

「もー。じゃあ、内弟子じゃなくてもいいから！」

譲歩の幅が狭いな。譲る気ある？

「あのね、魔力の通り道って、実は二通りあるんだ」

そうなの？　ってちょっと待て。何勝手に話し始めてるんだ。俺は弟子にするなんて言ってないぞ。

「一つは骨。そしてもう一つは、そう、血液だよ」

（なんだと？）

ありえない。魔力を血液に乗せて体を循環させる挑戦は、転生してすぐに試した。だけどできなかった。血管を魔力の通り道にするなんてできっこない。

と、これまでの俺は先入観にとらわれていたわけだ。

もともと、俺の魔力総量は、ルーン魔法一発で枯渇する程度の微々たるものだった。だから、転生したばかりのころは魔力の血中濃度が極端に低かったのか？

プールに混入させた一つまみの砂糖に気づける人間がどれだけいるかという話である。血中魔力濃度が低すぎて感じ取れなかった可能性は十分にありうる。

確かに前世では、血液は骨髄、骨の中心で生成されるってのが一般的な理論だったはずだ。腸だったかなんだったかの臓器で造ってるという対抗馬もあるはずだけど、少なくとも俺が生きていた現代日本では骨髄で血は造られるってのが通説だった。

（こんな仮説はどうだろう。魔核で生成された魔力が骨へ溢《あふ》れ出《だ》し、蓄積された。骨に溜まった魔力は造血の際に血液細胞と一緒に血液へとにじみ、魔力を含有する血液ができた）

つまり、だ。

（もしかして、魔力量が増えた今なら俺にもできるのか？　血液を媒介にした魔法の発動が！）

なにそれカッコいい！

（待てよ？　血を使えば、文字魔法を文字の形態で維持し続けられない問題を解決できるんじゃないか？）

まず、普通に〈《ケナズ》の文字を描く。指先に込めた魔力は時間経過とともに魔核へと引き返していき、ほどなくして虚空に描いたルーンも消滅した。

骨の魔力伝達率は高いけど、流動性が高すぎて長時間とどめておけない。魔力は安定を求めて魔核へと引っ込んでしまう。だけど、血で描いた文字なら、消えない。その場にとどまり続ける。

（え、えっ、ええ！　ってことは、できちゃうんですか？　文字を先に書いておいて時間差で攻撃っていうロマンが叶っちゃうんですか？」

たとえばこんな感じ。

◇　◇　◇

シロウの前に現れた謎のルーン使い。彼の圧倒的実力を前に、シロウは防戦一方を強いられていた。

「ぐっ、やぁぁぁっ！」

シロウの攻撃が空振りに終わり、たたらを踏む、演技をする。シロウの狙いはこの攻撃を当てることではない。謎のルーン使いの背後に回り込むことだ。

（正面から敵《かな》わないなら、背後から！）

重心を落とし、半身をひねり、その場で旋回。ルーン魔法を虚空に描く。謎のルーン使いの指先は動いていない。

（初動は俺の方が速い！　これなら、俺の魔法が先に発動する！）

一矢報いたと、届いたと確信した。それを裏切り、

「【圧壊】」

シロウの目に映る世界が、ひしゃげる。

文字を書く動作無しに発動した文字魔法に、シロウは困惑を隠しきれなかった。重力場が歪んだような亀裂を地面に走らせ、膝をつく。

「終わりか？　フッ」

◇◇◇

ぐっと拳を握り締めた。

（これだよ、これ！）

これこそが俺の憧れるダークヒーローだ。うひょぉぉ、テンション上がってきた！

「にひひー」

妄想の世界から意識が帰ってくると、ニッコリ笑顔のササリスが自分を指さしてアピールしている。

「ねえねえ、情報って価値があるよね？」

そうだね。

「あたしがいま言ったこと、役に立ちそうだよね？」

まあ、そうだね。

「ええ！　あたしの弟子入りを認めてくれるの？」

まあ、そうだ――ん？

待て待て待て、いま論理が飛躍しただろ。

止まれ、暴走するな、落ち着け。

「えへへ、今日からよろしくね、師匠っ」

どうしよう、最悪の誕生日かもしれない。


朝が来た。ひどい悪夢を見た気がする。

布団からもそりと起き上がりながら、昨日の夜のことを思い返す。

ササリス親子のスラム患いは対処したけど、病気の原因が栄養失調なら何度も再発する。だから食生活には気を付けろってきちんと説明したけど、食生活の見直しができるなら苦労はしないよな。

魚を与えるのではなく釣り方を教えよと言ったのは誰だったか。魚を与えるだけでは、受け手は与えられなければ生きていけず、依然として困窮したままだ。スラム患いを克服するためには、ササリス親子が食生活を改善しなければいけない。

料理を教えてくれと頼まれれば、母さまなら喜んで教えそうだけど、なんか、嫌だな。そのまま花嫁修業になりそう。ササリスがこの家に入り浸るようになると、こんな朝の一幕が現実になりうるわけだろ？

◇◇◇

「おはよう、師匠。朝ごはんできてるよ」

◇◇◇

無しで。ササリスが料理の教えを請いに来ても安請け合いしないよう母さまに念押ししておこう。なんてことを考えながら、朝食に向かった朝のこと。いつもと変わらない我が家。いつもと変わらない時間帯。だけどいつもと違う光景。いままでの普通が、たった一人の存在によって崩れ落ちていく。

(いや妄想じゃないんかい)

当たり前のように、食卓に、ササリスがいた。

「あ、師匠。おはよう！」

「あら、起きたのね。ごはんできてるわよ」

おはよ。じゃなくて！

どうしてササリスがここにいる。

「師匠、あたし、大事なことに気づいちゃったの」

なんだ、気づいたのか、俺に弟子入りしようと思ったのは一時の気の迷いだって。だったらさっさと帰れ。

「弟子入りするのに、名前も名乗ってなかった……！」

しょうもないな、お前の大事なこと。

「ということで、師匠の弟子になりましたサリリスです。本日からお世話になります」

ササリスがぺっこりんと頭を下げる。あらかわいい、じゃなくて。

「ササリス、ちょっと来い」

彼女の手を引き、自室へと連れ込む。母さまがなんだか優しい目を向けていた気がするけど、気のせいだと思う。

「何が狙いだ」

「お料理の勉強！」

いやまあ食生活に気を付けろとは言ったよ？　だからってここに来るやつがいるか。

「あと、花嫁修業！」

欲望が垣間見《かいまみ》えたたな。

「はしゃぐな。そういう娯楽を楽しみたいなら、将来の旦那さんのところでやれ」

「うん？　はーい！」

なんだ、やけに聞き分けがいいな。うんうん。素直な子は好きだぞ。ほら、わかったらさっさと帰れ。

「……」

「……」

え、何、この間《ま》。あれ？　話聞いてた？

「でね、師匠が治してくれたスラム患いなんだけど、下流区ではすごく患者数が多い病気なの。それで、風土病だと思われてたんだけど、師匠の話だと、上流区でも栄養バランスが悪いと発症すると思うの」

待て待て待て、何を平然と話を進めようとしている。

「それでね、考えたんだ。スラム患いは、下流区に住む人だけの問題じゃない。そう認識してもらうために、病名を変えようって」

俺この家から出て行けって言ったよね？　素直に聞き入れたよね？　あれ？

「魔力の停滞が体を内側から壊す症状、魔壊《まかい》症。聞くだけで怖いでしょ？」

ああ、なるほどね、理解した、完璧に。花嫁修業はよそでやるから、医学の勉強はここでやるってことね。それならまあ、ギリ許容範囲かな。

「それでみんなが不安になったところに、満を持してあたしが提供するの。魔壊《まかい》症に効く、特別製のお料理を！」

あれ？　話戻ってきた？　闇医者になる話をしてたんじゃなかったの？　いや、医食同源なんて言葉もあるし、真理に到達しただけか。なんだ、安心した。

「あたし料理学ぶ。売り上げ伸びる。師匠の胃袋もつかめてあたしもお金が手に入ってみんなハッピー」

ん？　最後おかしくなかったか？

「よくわからんが、それは栄養剤だとダメなのか？」

「それだと師匠の食の好みがわからないでしょ！」

わからなくていいだろ。


さて、昨日一日スラムを歩いて感じたことは、室内と屋外で、文字魔法に対する気づきの質が異なることだ。

たとえば射程の短さ。この欠点は屋内にいる限り気づけないことだった。物理的に視点を変える。その大事さに気づいた俺は、今日も外出した。断じてササリスが家にいたから逃げ出してきたわけではない。

「ねーねー、師匠、今日は何するのー？」

目論見《もくろみ》が外れたなんて思っていない。王は逃げ出さない。だからササリスが付いてきていても文句は言わない。くそが。

まあいいや。どうせすぐに飽きるだろ。子どもの集中力は続かない。そんなものなのね。

「あ、血を使う魔法の研究だね！　あたしも手伝おうか？」

じゃあ、ちょっと遠くで遊んでてくれる？　え？　それは無理？　知ってた。

（ふぅん、なるほどね。なんとなくわかってきたぞ）

おさらいすると、普通の魔法は魔力を指先に集めてから発動するまでの時間に融通が利かない。魔力が骨に滞留するのを嫌がり、胸の右側に位置する魔核へと引っ込もうとするからだ。

この、魔力の伝導路に骨を使った魔法に対し、骨髄からにじみ出た魔力入りの血液を使うのが血の魔法。血液は骨ほど魔力の伝達効率が高くないから、普通の魔法のように待機状態が不安定になることはない。

（血を使った文字魔法――血文字魔法の設置できる文字数に制限はない。ただし、一度に発動できるのは四文字まで。設置文字を励起させられる距離は、発動させようとする文字数に反比例して減少、威力も同様と）

そして大事なことはもう一つ。

俺の後ろに生えた街路樹。血文字の魔法で生成したその樹木には、葉っぱの一枚に、魔法を発動した際の血文字【木】が残っていた。その血文字に対し、魔法の発動を試みる。

（一度発動した血文字を再利用はできない、か）

セミの抜け殻から二匹目のセミが出てこないのと同じだ。骨から血液ににじみ出した魔力を消費する血文字から、二度目の魔法が出ないのは順当な結果とも言える。うーん、うまいことやれば解決しそうな気もするけれど。

ふむ、もう一度振り返ってみよう。

文字魔法は文字から魔法への一方的な変換。血文字で魔法が成立するのは、血に魔力が含まれるから。魔法になると血に含まれていた魔力が失われて、ただの血文字として痕だけが残る。

(魔法を発動した後の血文字に魔力を供給できれば永久機関ができそうなのにな)

パッといいアイデアは思いつかない。

「ねえねえ、師匠。葉っぱのこの筋って何の役割があるの？」

葉っぱの筋？　ああ、葉脈のことね。いろいろあるけど、一番は葉っぱを支えることかな。

植物は日の光を浴びて栄養を作る。太陽光に対して垂直になるように面を維持するのが一番効率いいが、そのためにはある程度の強度が必要になる。そのための支えを葉脈が果たしているのだよ。

「へえ、なんだか骨みたいだね」

骨？

「うん。人も、骨があるから立ててるでしょ？　葉脈も似てるなーって」

骨、骨か。

確かに、葉脈を動物の器官で例えるときに、血管や骨と表現している本を読んだ記憶がある。

ほーん？

「【葉脈】」

手近な木に向かって、俺は右手で文字を書いた。対象はこの木に生えた葉に刻まれた葉脈すべて。そしてもう一方の手で、葉脈の在り方を書き換える。

「【魔力源】」

すると、なんということでしょう。匠《たくみ》の技で、葉脈の描く模様が一つ残らず、【魔力源】へと書き換えられていくではありませんか。

今度は【年輪】を対象に、【常時発動】の文字を刻む。これで断面を見れば年輪の形が【常時発動】になっているはず。

「わぁ、すごい！　師匠、木が、淡く光ってる！　魔法を発動する時みたいに！」

つまりこういうことだ。年輪に刻んだ【常時発動】が葉脈に刻まれた【魔力源】を活性化させ、【魔力源】が【常時発動】の文字へと魔力を流している。永久機関の完成だ。

「すごい！　で？　この木でなにするの？」

そう言われると困るな。特に何かやりたいことがあるわけではない。うーん。根っこに浄化の文字を描かせるとかどうだろう。

「あはは、面白い冗談だね！」

なんだと。だったら言ってみろよ、お前だったらこの木をどう活用するか。ササリスさんはさぞかし素晴らしい活用方法を思いついてるんだろうな！

「根っこに砂金て書いておけば、このあたりの土壌が素晴らしいことになるよね」

くそ、負けた。俺の百倍まともな活用方法考えてやがる。

「あ、でもそれだとあたしが回収する前に盗まれちゃうか」

ササリスは唇に指先を当てて「うーん」と思案している。

「じゃあ、水が出るようにしようよ、きれいなやつ」

水？　水を売るのか？　売れるのか？　この町で？

いやぁ、金払ってまで飲みたいって思うやつは少なそうだけどな。

「ちっちっちー、売り方次第だよ。任せてって、大船に乗ったつもりでさ！　こういう仕掛けにしたいんだけど……」

しぶっている俺にササリスが提案したのは、鬼の所業だった。

第一段階として、各所に水の出る装置を作る。この時点ではただのおいしい水だ。何の変哲もない、文字通り無料の水。俺たちが水の出る木をスラム街に植樹して回っても、スラム街の住人は誰一人として文句を言ってこない。

（住人がきれいな水を飲むことが習慣化した段階で有料化するなんて、こいつに人の心は無いのか）

鬼！　悪魔！　ササリス！

現代風に言えば洗濯機やら冷蔵庫やらレンジやらが導入されて、利便性を享受するようになってから電気代という概念を導入するようなものだ。

考えるだけでぞっとする。家電に頼って得た生活水準を手放すなんて選択、いったい誰が取れるというのだろう。

(しかも、これできちんと下流区の住民でも支払える程度の金額設定を考えてるのが汚いなさすがササリス汚い)

ササリスから聞いて知ったことだけど、いわゆる路上生活者にも収入はあるらしい。収入源は主に廃品回収なんだとか。で、その廃品回収を物心ついたころからやっているベテランのササリスが、きれいな水を飲めるなら払ってもいいと思えるギリギリの金額設定で提示するってわけ。

汚い金だぜ。

有料化に際し、飲水資格を有形の物質で証明するんじゃなく、人の魔力で判断するってのがミソだよなぁ。例えば免許証みたいなカードを持ってる人だけ飲めますみたいな形にしてしまうと、まず間違いなく奪い合いでスラム街が血の海になる。だけど殺しても資格は得られないとなれば話は逆。血の雨が降ることはない、はず。

俺たちを脅迫しようって人間が現れるのも織り込み済みなのが怖いよな。なんだよ、「その時は飲み水を死守するためにあたしたちの護衛を交代制で志願する組織が結成されると思うから」って。どれだけ未来まで読んでんだよ。怖い。

んでもってその人たちを子飼いに組織を結成して事業始める計画まで立ててるみたいだし、なんていうかササリスすごいな。金に対する執念が尋常じゃない。設備だけ投資したら勝手に資産運用して莫大《ばくだい》な資金を作ってくれてそう。

（まあ、好きにさせておくか）

どうせどこかでうまく行かなくなって、そのうち飽きるだろ。

◆
◇

朝日を浴びる料亭アージエサロウにて、氷の檻《おり》に閉じ込められた男が怨嗟《えんさ》の念を放っている。

(クソ、クソが。ふざけるな!)

新月の攻防で大破した料亭は朝風に吹きさらしになっていた。しかし男の氷が解ける気配はない。

(こんな、こんなはずじゃなかったんだ。本当なら、オレが姐さんと結ばれるはずだったんだ)

男は姐さん、つまりクロウの母親のことを慕っていた。愛していた。それも、度を越えて。

(それなのに、姐さんは、ふらっと流れ着いた男のガキをこさえやがった。オレは、こんなにも姐さんのことを愛しているのに)

愛、というのは、毎月の上納金の額を指している。

男は姐さんを手に入れるのに必死だった。愛を手に入れるために、シャレにならない額を貢いだ。そうして女は、上流区でも特に高い地位を築くに至った。それなのに。

――許せねえ。

こみ上げる憎悪を糧にして、復讐《ふくしゅう》の炎がゴウゴウと激しく燃え上がる。

『あはは、いい目をしているね、君』

気が付けば、彼の目の前に、浮世離れしたオーラを放つ、無邪気な笑みを浮かべる青年が立っている。氷の檻の中で瞬《まばた》きなどできないのに、目を離していないのに、そいつは突然現れた。

『そう警戒しないでよ。ボクはいわば、君の仲間さ』

(仲間?)

『そうさ。君と同じで、ボクの実体は長い時を超えて封印されているんだ。場所はずっと遠くだけどね』

男はぎょっとした。内心で考えたことをズバリ的中させられたと感じたからだ。

『このままでは終われないだろう? 君をこんな目に遭わせた人間、ええと』

クロウ。

『そうそう。クロウくんに、復讐がしたいだろう?』

ドクン、と。心臓が飛び跳ねた。日の前の景色が、墨で塗りつぶしたように狭くなっていく。

復讐。その言葉の放つ血なまぐささが、男の脳を支配していく。

『君を氷の檻から解き放ってあげるよ。君の復讐のために』

男はもう、ほとんど青年の言葉を聞いていなかった。わかったのは、復讐に助力が必要という真実と、そのためなら悪魔に魂を売ったってかまわないという己が心境だけだ。

『代わりに一つ、ボクのお願いを聞いてほしいんだ』

なんだっていい。復讐さえできるなら。

『本当に？』

くどい。

『そう、ありがとう。じゃあ、君の体を貰《もら》うね』

……は？

（ぐあっ。なんだ、何をする！）

『あはは、だから聞いたじゃないか。本当にいいのかって』

ふざけるな、聞いていない。この体はオレの。

『大丈夫、安心しなよ。君の願いは叶えてあげる。ボクが君の体を使って、君の代わりにさ』

（お前は、誰だ。いったい、何者なんだ）

『ボクか？　そうだな、さしずめ』

――歴史に忘れられた厄災。

そんなところかなという言葉を最期に、男の意識は途切れ、二度と目覚めることは無かった。

【原作前：邂逅、初代ラスボス】

十五歳の誕生日のことだった。

「ねえねえ師匠！」

俺が自室で魔法の鍛錬に励んでいると、銃声を鳴らしたような勢いで扉が開かれた。すわ何事かと振り向けばササリスが部屋の中に入ってきている。

あ、あれ？　部屋の鍵は閉めてたよな？　あれ？

「今日の夜、ヒマ？」

少なくともササリスに付き合う暇は無いな。魔法の練習をしていた方がよっぽど有意義だ。

「そっかぁ。じゃあ夕方くらいにまた来るね」

おい。夜は忙しいけど夕方なら大丈夫って意味じゃねえからな。

「えへへー、楽しみにしておいてね。師匠、きっとビックリするから！」

どうしよう、突っ込んだ方がいいのかな。いま、鍵をかけていたはずの扉を開かれたのが一番のサプライズだったんだけどって、言った方がいいかな。正直これ以上のドッキリなんて無いと思ってるんだけど。

(いや、でもなぁ、ササリスだしなぁ)

ササリスと出会って五年。常識であいつをはかると痛い目を見るとよく学んだ。

五年前、ササリスと植えて回った水の出る木。すっかりこれに依存してしまった上流区の人間を、ササリスは強請《ゆす》りに強請った。

(水の利権を賭けて支配者階級同士を争わせて、共倒れしたところを合併買収とかやってたもんなぁ)

さすがにあれは想定外だった。だけど想定外はそれで終わらなかった。

(この町の二大企業を支配下に収めた後は潤沢な資金にものを言わせて戸籍制度を制定したり、情報通信インフラを整備したりしてて)

いやぁ、開いた口が塞がらなかったよね。だってこの世界の情報伝達手段って、ほんの数年前に腕木通信ができたレベルだぜ？　それがいきなり電信だ。いまじゃ世界中から技術者が通信技術を学びに来ているらしい。「よくそんなの思いついたな」って俺が感心していると、「え、師匠が教えてくれたんだよ？」ってさ。俺、そんな入れ知恵したたっけ？

(どうしよう、メチャクチャおなか痛くなってきた)

次は一体何をしでかすんだろう。気が気でならない。

「追うか」

こっそり家を出ると、ルンルンとスキップするササリスの後姿が見えた。間違いない。あれはロクなことをしでかさない。俺にはわかる。

（なんだ次は、団子茶屋？）

ササリスは団子茶屋の入り口付近に設置された縁台に腰かけると、四色団子を注文した。ほどなく店内から店員が盆を持ってきて、ササリスに受け渡す。

（買い食いか……ん？）

ここは外れだったか、と思っていると、ササリスと店員が何やら怪しげなやり取りを始める。

「動かざること」「地のごとく」

「付きまとうこと」「水のごとく」

「専心すること」「火のごとく」

「誇り高きこと」「風のごとし」

「どうぞこちらへ」

店員に案内され、ササリスは裏手から店内へと入っていった。それを見て、俺は形容しがたい衝動に駆られた。

（あー！　ずるい、俺もそういうのやりたい！）

やればいいのでは？

しまった、俺は天才だったようだ。ササリスが座っていた縁台へと腰かけ、俺も四色団子を頼む。すぐさま店員が盆を抱えてやってきた。

「動かざるこ……あ、あなた様は！」

え、何？

「失礼いたしました！　ささ、こちらへ」

顔パスで通された。納得いかねえ。俺にも参加させろ。

見に来ておいて、正解だったかもなぁ。

裏手から店内へと入ると、一見、何もない部屋へと通された。だけど、幼少期に成長のルーンを自らにかけ続けた俺の聴力はごまかせない。地下だ。この部屋には地下室が存在している。

床を調べてみると、ビンゴ。石造りの階段が下へと続き、その先で細い光が線のように走っている。近寄ってみれば、それは扉と壁の隙間からこぼれた、部屋の明かりだと気づく。

「どう、お金になりそうな通信はあった？」

「はい。相場師グループが大陸企業相手に株価の操作を試みています」

「詳細は？」

「グループリーダーが株価を高騰させたのち、メンバーが大量の空売りを仕掛ける。その後リーダーが株を手放せば株価が暴落し、グループは莫大な利益を得る算段だそうです」

「ブラフだね。そのリーダーは株を手放さない」

「は？」

「リーダーはほぼすべての株を握っている。空売りの買戻し期限が迫り、リーダーが売らなければ？　メンバーは、残ったわずかな株をどうにか買い集めなければいけない。さぞかし天文学的高騰を見せるだろうね」

「か、考えすぎでは。これから売りに出すのかも」

「とっくに下げの兆候は見えてる。売り時なのに売り渋っている。この株は跳ねるよ。先に買っておきな」

「は、はい！」

やべえ。思った以上にやべえ。

どうして情報通信インフラなんて費用対効果が見えにくい分野から投資を始めたんだろう、と思っていたら、こいつ、通信傍受施設がメインかよ。水で生殺与奪を握った次は機密情報の収集に手を出してやがった。怖すぎるだろ。

よし、見なかったことにしよう。知らぬが仏というやつである。グッバイ。

「サ、ササリス様！　至急お耳に入れたいことが！」

「なに？」

「それが、その、ことの真偽は怪しいのですが」

「まずは知ること。判断はその後よ、それで、何があったの？」

「は、はい。実は、クロウ様の母君を誘拐したとの通信が」

は？

「どういうことだ」

扉を蹴破り、俺は通信傍受室へと乗り込んだ。

「みゃっ！　師匠？　いつからそこに」

「いいから答えろ。いったいどこのどいつだ、ふざけたこと抜かす野郎は」

ササリスたちが傍受した通信文。プリントアウトされたそれを奪い取り、目を通す。

――やあ、人の内緒話を盗み聞きなんていい趣味しているね。クロウ、君の母親の身柄は拘束させてもらったよ。助けたければ、料亭アージエサロウ跡までおいで。要求はその場で話すよ。

ぐしゃりと、丸めて握りつぶす。

「くそ」

油断した。母さまは、あれで親父殿が伴侶とした実力者だ。魔法の腕も一流で、どこの馬の骨ともわからない相手に後れを取るような人じゃない。

（いったい、どこの誰が母さまを）

「師匠、考えるのは後だよ。まずは事実確認をしないと」

ササリスに手首をつかまれて、俺は親指の腹を犬歯で噛んでいたことに気づいた。

「そうだな。アージエサロウに向かおう」

五年ぶりに見る料亭跡は、何もかもが変わって見えた。永久機関水を作ってからどんどん栄えていった町並みで、この場所だけが風化している。まるで時代の忘れ物のように。

木造の小柄な門をくぐり、レンガの石敷を渡り、アージエサロウの内部へ侵入する。五年前の戦いで吹きさらしになった店内を見回すと、一人の男が立っていることに気づく。

「よォ、早かったじゃねえか、そんなにママが大事か？　なあ、クロウ」

「またお前か、氷漬けにしたはずなんだがな」

俺の母さまを姐さんと呼び、ササリス親子を騙し、そして俺に凍らされたはずの男。左右で顔のバランスが不均一のそいつが歪な笑みを浮かべる。

「今度は覚えていてくれたか。そうだよなァ、じゃねえと不平等だよなァ。オレは氷漬けにされて後遺症に悩まされ続けたのに、忘れましたじゃ済まされねえよなァ」

おしゃべりをしに来たわけじゃない。

「【爆《は》】ぜろ」

悪いが殺す。手加減はしない。

爆裂音が鳴り響いた。

「あぶねえあぶねえ、いきなりそんなやべえ魔法放つか？　普通」

カランコロンと、石くれが周囲に散らばった。砂煙を巻き上げる向こう側に、男のシルエットが浮かんでいる。

（地属性の魔法で防御壁を生み出したのか？）

あの一瞬でよく間に合わせたものだ。なかなかやる。だが、俺には遠く及ばない。

俺は指先に淡い光を灯した。次の文字魔法で仕留める。

「無駄だ、オレのロックウォールがすべて受け止めてやるぜ！」

そうかよ。

「【串刺】」

基点はやつ自身が生み出した土壁。自らの策に溺れて死ぬがいい。

「うおっ、マジかよ」

（避けたか。思ったよりやる、が、そこまでだ）

空中へと飛び出したのは失敗だったな。次こそ外さない。

「ᚦ《スリサズ》」

ルーン魔法は画数が少ない分、発動が速い。その中でも最速の魔法、雷を意味するルーンで敵を狙い撃つ。

仕留めたという確信。しかしそれを裏切って、やつの体が重力を無視し、浮遊する。やつの少し下を紫電が通り抜けていく。

（風属性の魔法？　それも、空中浮遊が可能なほど制御を高度に？）

やつの得意属性は地属性じゃなかったのか？

「だったら、あたしの糸魔法で！」

浮遊する男にササリスの糸が迫る。

「無駄だ」

男が手を前方にかざす。水だ。しぶきを上げるように水魔法が弾けて、ササリスの糸を水浸しにする。そのうえで、男は魔法を重ねて発動する。

「なっ！　あたしの糸が、凍らされた？」

凍った糸を無理にしならせようとして、ササリスの糸が乾いた音を立てて砕け散った。

「それだけではないぞ」

男が指弾を打つ。それをトリガーに、俺とササリスの中間点に爆発が起こる。

(四属性に渡る、高難易度の魔法の行使)

最後のピースがはまる音がした。ヒントは、最初から提示されていたんだ。俺をここに呼び出した文面。あの言葉遣いをする原作キャラを、俺は一人だけ知っている。

「そうか、お前だったか」

歴史が忘れた厄災。古代文明の王。その名は――

「アルバス」

伝説の始まりである異世界ファンタジーRPG【ルーンファンタジー】、シリーズ第一作の物語。

主人公のシロウは冒険者の父親に憧れる少年。彼は父親から受け継いだ固有魔法であるルーン魔法を駆使して、広大な世界を冒険することになる。

その始まりの冒険記に出てくる敵対勢力は、残虐な性質を持つ古代文明人。長い年月を経て封印から解き放たれた彼らは現代文明を失敗作と称し、人類を滅ぼそうとする。

その、古代文明の王の依《よ》り代《しろ》が、俺の日の前に立っている。

『ふ、ははは っ、あれれー、おかしいな。ボクの記録は、歴史上のどこにも残されていないはずなのに、どうして君が知っているのかな？』

顔の左右非対称な男のまとう雰囲気が変化する。まわりの空気の質が重くなる。歪な弧を描いた口元から、背筋の粟立つ笑い声を男が上げた。

「俺からも一つ質問だ。何故母さまを狙った」

『ボクの質問に答えてもらってないんだけどなぁ』

「答える義理は無い」

『ならボクも答える義理は無い、なーんてね。こう見えてボクは優しい性格でね。特別に教えてあげるよ』

アルバスは顔の不均一な男の身体を操ると、とんとん、と指先でこめかみを小突いた。

『この男はね、君の母親を愛していたんだ。愛を得るために膨大な金を貢いだ。それなのに君の母親は彼を裏切り、別の男と結ばれ、君を生んだ。この体の持ち主がかわいそうだとは思わないかい？』

「思わないな。未練と妄執に塗《まみ》れた亡者ほど見苦しい負け犬はいない」

『……気のせいかな？　それは、ボクに向けた言葉じゃないだろうね？』

自覚があるようでなにより。

『君たち人間の薄情さには、ほとほと反吐《へど》が出る。忘れたのかい？　君の母親の生死は、ボクが握っていることを』

ハッタリだ。やつが母さまの身柄を拘束しているなら、この場に人質として用意しない理由がない。だから――

『バァン』

アルバスが外へと手のひらをかざすと、そこからこぶし大の水球が発射された。反射的にその水球の行方を追ってしまった。だから、気づいた。

ここからおよそ百メートル離れた家屋の屋上にある給水タンクに、母さまがはりつけにされている。

(母さま！)

『この五年、君のことを調べさせてもらったよ。だから君の弱点は知っている。届かないだろ、ここからだと。だけど、ほら、ボクの魔法はこの通り』

アルバスはわかりやすいように火属性の魔法を使った。母さまの周囲に火の玉が舞い、襲い掛かる時をいまかいまかと手ぐすね引いている。

「貴様」

『あはは、順序が逆になったけど、改めて取引と行こうじゃないか、クロウくん』

そう言って、アルバスは俺の首元を指さした。いや、より正確に言うなら、首紐《ひも》につるした小ぶりの鍵。鍵山の部分に細かな歯車を緻密にちりばめた不思議な鍵。それを指さしている。

『アルカナス・アビスの秘鍵。そいつの所有権をボクに譲渡すると宣言してもらおうか』

アルバスが求めたもの。それは親父殿が俺に授けた鍵だった。

「お前は、知っているのか、この鍵が何かを」

『なんだ。それが何かも知らないのか。魔術師に名剣とはこのことだね』

魔術師に名剣？　ああ、豚に真珠とか、宝の持ち腐れのことか。

『なおさら悪い提案じゃないだろう？　価値のわからない物と母親。君はどっちを取るんだ』

価値がわからない、わけではない。これは、親父殿が俺に預けた鍵だ。親父殿はこの鍵を必要とする場所で俺を待っている。

(鍵も母さまも、どっちも大事だ。けど、その二つを天秤《てんびん》にかけるなら、俺がより大事だと思うのは)

首にかけた鍵を握り締める。それから、勢いよく引っ張った。首にかけた紐がぷつんと切れる。

(母さまだ。だから)

ごめん、親父殿。俺はこの鍵をあんたと会うためではなく、母さまを助けるために使う。

(間違ってないよな)

自らの心に問いかける。

(間違ってない、はずなんだ)

それなのに、どうして、この心は言葉にできない不安を広げている。

──いい？　クロウ。ルールは弱い人を守るための物なの。

声が、聞こえた気がした。この優しい声は、母さまだ。記憶の中の母さまが、俺を諭すように語り掛けている。

──正解は一つじゃない。自分でつくるものって、覚えておいてね？

なに、やってんだろ、俺。

(違うだろ)

俺が求めた理想のダークヒーローってのはこんなものか？　違うだろ。

何を守り、何を失うかを選ばされてるんじゃねえ。すべてを手に入れろ。それがダークヒーローの醍醐味《だいごみ》ってもんだろ。

(鍵か母親かじゃねえ。どっちも大事ならどっちも手放すな！)

俺はアルバスという男をよく知っている。アルバスはまだ母さまを殺さない。母さまに人質の価値があると判断している限り、みすみす手放すような真似《まね》はしない。だがもし俺が母さまを切り捨てるそぶりを見せれば、その時は容赦なく殺すだろう。

（チャンスは一瞬だけ）

俺が妙なそぶりをしたとやつが判断したその時には、決着をつけ終わっていなければいけない。

どうする。どうするのがいい。

漢字を使った文字魔法では遅い。俺が一文字書き終えるまでに、既に展開されている、アルバスの炎魔法が母さまの身を焼き焦がす。

（一瞬、ただの一瞬で逆転する手段）

考えろ、考え抜くんだ。何かあるはずだ。

親父殿ならこの程度の状況、危機とすら感じない。だったらできるはずだ、俺にだって。

「……」

一つ、思い出したことがある。

『さあ、答えを聞かせてもらおうかな』

俺はとっくの昔に、この場面での最適解を目撃している。

「そうだな」

魔力の移動は必要無い。血液に滲んだ魔力は、魔核から骨を経由させること無く指先に集められる。

「どうするかなんて、最初から答えが出ていたんだ」

文字を書き終えるまでの時間を考える必要は無い。その文字は、どんな文字よりも早く書き終える。

青白く光る指先が描く軌跡は一本の縦棒。その文字が意味するのは氷・静寂。そして——

「ᛁ《イサ》」

世界は停止した。


すべてが停止した世界では光子さえ沈黙する。音も光も届かない静寂と暗闇が、際限なく続いている。これが、あの日親父が見ていた景色。俺に魅せたルーン魔法の極点。

（あまり長くは持たなそうだな）

さっさと終わらせてしまおう。この不毛な争いに打ち込もう。あまりにもあっけない終止符を。

「【探知】」

肉体という殻を精神が破り、世界へ浸透していく。世界の最果てまで手が届くとさえ感じる全能感。

終わりだ。

光の届かない世界で、俺の指先が、たった一文字の終焉《しゅうえん》を描く。

「【魔壊《まかい》】」

そして、世界は再び回り出す。

『ぐあぁぁぁぁぁぁぁぁぁぁっ！』

料亭から轟《とどろ》いた断末魔のような悲鳴。声の主である男が、目じりが裂けんばかりに大きくまぶたを押し広げ、酷く興奮した様子で俺を詰《なじ》る。

『クロウ、お前、いったい何を、ボクの体に何をした！』

遠くで、母さまの周囲を漂っていた炎が霧散した。男の体には青白い斑点がおどろおどろしく広がっている。

魔壊《まかい》症。ササリスが名付けた、病気の学術名称だ。魔力の流れを停滞させ、激しい神経痛を伴い、やがては体を壊死《えし》させるその病は、一般にスラム患いとして知られている。

「どうした古代文明の王。地べたに這いつくばって、そんなに頭《こうべ》を垂れたかったのか？」

『ぐあぁっ、クロウ……！』

悶《もだ》え苦しむアルバスの顔を踏みつける。格付けはここに決した。そして、貴様の命運も。

『くそがぁぁぁぁ！』

奇妙なことが起きた。悔しがる男の表情がフッと抜け落ちた。白目をむき、魂を抜かれたように、精神の糸を切られたように、静かに事切れる。

ほどなく男の体から、不思議なオーラを放つ青年がぬっと抜け出てくる。

「うわぁぁっ！　師匠、人から、人が出てきた！」

そうだな、と同意しようと思っている間に、ササリスが糸魔法で攻撃を仕掛けていた。即断即決電撃戦術。嫌いじゃない。だが、効果は無いようだ。

「っ、糸が、すり抜けた？」

「精神体か」

ふよふよと、亡霊のように浮かび上がるアルバス。地べたを這わされたことがよほど気に食わなかったのか、俺より高い場所から俺を見下すのに躍起だ。

『勝ったと思うなよ、クロウ。いまのボクは力のほとんどを封印されている。力のすべてを取り戻せば、君なんてボクの敵じゃない』

なあ、アルバス。知っているか？　弱い犬ほどよく吠える。

『その時まで、勝負は預けておくよ。せいぜいデッドエンドに怯《おび》えて過ごしなッ、あはははは！』

「師匠、逃げられちゃう！」

アルバスが俺の射程のおおよそを知っているように、ササリスもまた俺の魔法の射程を知っている。

およそ十メートル。それが、俺の文字魔法の発動できる射程の限界だ。

（本当にそれが、文字魔法の限界か⁉）

さっき、ᛁ《イサ》で世界を停止した時の【探知】は、宇宙の果てまで手が届く感覚だった。

（違う、文字魔法の射程にはブレイクスルーが存在する）

停止した時間の中で、空間的な移動はできない。光は常に光速を保とうとするため、帳尻を合わせるために空間が無限に広がるからだ。

およそ十メートルというのは、光が約三万分の一秒の間に進む距離のことである。だから、冷静に考えれば、光子すら停止する時間の中で、俺基準の十メートルがアルバスに届くはずはない。だが実際には、【魔壊《まかい》】はアルバスに作用している。

（もし、ᛁ《イサ》のルーンが時間だけでなく、空間さえ凍結させたとするのなら）

物理法則さえ冒涜し、本当の意味で時空そのものを凍結させたとするのなら、本来無限に膨張するはずの空間を、有限の世界で固定させられるのなら、

「ᛁ《イサ》」

このルーンの発動中、無限遠点で正規化されたあらゆる距離は、ゼロとなり、

「【地縛】」

射程という概念は、消滅する。

ᛁ《イサ》の効果を切れば、アルバスの顔が驚愕に歪む。

『ぐっ、なんだ、これは！　精神体のボクが、地表に吸い寄せられる？』

「逃げるなよ、古代文明の王」

不退転こそ、俺たちが唯一共有した覇道だったはずだ。敗走を選んだ貴様に、王を冠する資格はない。名乗るならかませ犬とでも名乗りな。

右手にありったけの魔力を込める。ここにいるのはしょせん精神体。アルバスはこれで慎重なところがあるし、間違いなく本体に余力を残している。だから、全力の一撃を気兼ねなくぶちかませる。この精神体を滅ぼしたところで完全消滅には至らないのだから。

(待てよ？　どうせ葬り去れないなら、次につながる一手を打っておくべきじゃないか？)

たとえば、そうだな。

(俺の一言が、原作主人公と初代ラスボスがドリームタッグを組むきっかけになるとか胸アツじゃね？)

古来、劇場版限定の悪役は、いがみ合っていた主人公と強敵が手を組んでうち倒すものと相場が決まっている。夢を叶える布石を打つなら、いましかないんじゃないか？

(考えろ！　死ぬ気で考えろ！)

俺の一言が未来を決める。つまり、この場で俺の放つべき言葉の最適解は——読めたぜ。

「アルバス、ルーンも扱えない貴様が、どうして俺に敵う」

どうこれ、このセリフ！

『グッ！』

「貴様はルーンの継承者を従えるべきだったんだ、俺に挑むつもりならな。もっとも、俺以外にルーンを扱えるやつがいればだが」

一見、ルーン魔法は固有魔法だから、貴様に勝ち目なんざ最初からなかったんだよと皮肉を言っているようなセリフ。だが実際は、原作主人公であるシロウの存在をほのめかしている発言なわけだ。

これは、決まりましたわ。決定づけられましたわ。原作主人公と初代ラスボスのドリームタッグの運命。フラグががっしり立ちました。

じゃあ、後は滅べ。

「永い眠りで覇道の歩み方を忘れましたと言うなら、俺が思い出させてやる」

右手に込めたありったけの魔力で描くのは、【滅】の一文字。

「その身に刻め」

――覇王の教義《ダークヒーローズ・ドグマ》ッ！


「き、消えた！　やったの？」

ササリスお前さぁ。

やったかはやってないってお約束も知らないの？

今回は本当にやってないって最初からわかってるからいいけど、次からは気を付けてくれよ？

「これでくたばる程度なら、古代文明の王などと呼ばれていない」

腐っても初代ラスボスだ。また別の場所で、復活の時を虎視眈々《こしたんたん》と狙っているに違いない。

「でもま」

ひとまず、母さまは無事に守り通せたんだ。

いまはそのことを喜ぼう。


母さまがいた家屋の屋上へと移動して真っ先に行ったことは、母さまの容体を確認することだ。どうやら気絶しているだけのようだったので安静を保っていると、ほどなくして母さまは意識を取り戻した。

「ん、イチロウ、さん？」

目を開けた母さまは俺を見て、親父殿の名を呼んだ。俺は静かに首を振った。

「ふふ、クロウだったのね。いつの間にか、こんなに大きくなって」

そう、もう、大きくなってしまったのだ。

アルバスの精神体が活動を始めた。歴史が動き、原作が始まろうとしている。

(俺も、そろそろ旅立たないといけない。でも)

頭ではわかっているのに、感情はまだ、ここにいたいと訴えている。怒ると怖いけど、それでも、母さまのそばは心地がいい。

（そうだよ、アルバスがまたいつ母さまを狙うかわからない。だから、いま少し）

柔らかい手が、俺の頬に触れた。

「クロウ」

誰の手だ？　母さまだ。母さまの手のぬくもりが、俺の頬を伝い、魂に沁みる。

「男の子はいつか、旅に出るものなのよ」

母さまはここではないどこかを遠く見つめた。親父殿と結ばれた日のことを思い返している。

なんとなく、そう感じた。

「きっと今日が、あなたのその日」

ああ、敵わないな。きっとずっと、俺は母さまにだけは、敵わない。

「それでも不安なら、時々顔を見せなさい」

「……まあ、親父殿よりは頻繁にね」

覚悟は決まった。

（この町にはササリスがいる。ササリスが育てている子どもたちもいる）

だから、安心して任せられる。

アルバスもあれだけ痛い目を見れば、しばらくちょっかいをかけてこないはずだ。

天を見上げれば、雲一つない青空が広がっている。

（今日はいい旅立ち日和だな）

俺の門出を祝ってくれているような、素晴らしい空模様だ。きっと順風満帆な旅立ちになるに違いない。

「よーし、じゃあ行こっか！」

ササリスが陽気な声を出して伸びをした。

なんだろう、嫌な予感がする。

「あたしも一緒に行くよ！　えへへ、婚前旅行だねっ」

ちょっと待て！

ってことは、お前もついてくるのか？

最悪の旅立ちだ……。

【幕間：原作主人公】

ずんぐりとした森林を空から見下ろすと、少し開けた場所に湖がある。湖の周りにはログハウスが点在していて、小さな集落を為《な》していた。

その外れにある一本の大樹に、二人の子どもがいる。一人はボサボサ頭のツリ目の少年。左右へ伸びる太い枝へと足をかけ、大きな樹木に上っている。

そんな彼を、一人の少女が、地面から不安そうに見上げていた。

「ねえ、シロウ！　危ないってばー」

「平気平気！　ほら、ここに足をかけて、体を持ち上げたら——あ」

ずるっ、と樹皮から足が滑り、少年が地面へ真っ逆さまに落ちていく。

「いってぇぇぇぇ！」

「あー、もう！　だから言ったのに！」

頭から落ちて、大きなたんこぶを作った少年のもとへ少女が駆け寄った。

「ほら、ヒールかけてあげるから」

「へへ。サンキュ！　ナッツ」

二人はこの森で育った幼馴染《おさななじみ》だ。シロウという少年は無鉄砲で、たびたび危ないことをしては、多くの場合怪我《けが》をする。そしてそれを甲斐甲斐《かいがい》しくナッツが世話をする。二人はそうして生きてきた。

「ねえシロウ。どうしていつも無茶ばかりするの？」

「無茶なんてしてないよ」

「ヒールかけてあげないよ」

「わー！　ごめん！　ごめんってナッツ！」

ナッツはシロウに対し、手が焼ける弟みたいだなぁと思いながら回復の魔法をかけた。優しい光がシロウの頭を包みこむと、ズキズキした痛みが彼の頭部からみるみるうちに引いていく。

「ナッツはさ、これのためなら命を賭けてもいいって思える夢はある？」

「なにそれ」

「俺はさ、いっぱいあるんだ。この世界には俺の知らないことがたくさんあって、見たこともない世界が広がってるんだ」

キラキラと目を輝かせて夢を語るシロウが、ナッツにはとてもまぶしく見える。

「たとえば、森の外に行くと家に帰ってこれないかも、って不安にもなるけど、その何倍も何十倍も、胸がわくわくするんだ、抑えきれないくらい！　ナッツは無いの？　そういうの」

シロウに問いかけられてナッツの頭に浮かんだのは、どうしてだろう、シロウの顔だった。

ずっと彼と一緒にいたい。

もし、シロウがどうしても森の外へ出て、世界中を旅すると言えば、どうするだろう。もちろん、危ないよと止めるつもりだ。それでもナッツは知っている。シロウの好奇心は、一度火が付けば誰が何と言っても消えない。彼女が行かないでと言っても、最後には旅に出てしまうとわかっている。

その時、ナッツはどうするだろう。

「ある、かも」

どんなに危険な旅だったとしても、きっと彼についていて冒険に出る。そんな確信が、彼女にはあった。

「でも、シロウはまだ外に出ちゃダメだからね。魔法がまともに使えないと、村から少し離れただけで魔物にやられちゃうんだから！」

「う、わかってるよ」

ナッツから見て、シロウは不思議な少年だった。

普通の人なら、シロウやナッツの年のころには魔法の二種類や三種類は扱える。だけどシロウは、いまだにまともな魔法を使えない。

「俺だって、ちょっとは魔法を使えるようになってきたんだ」

「あの指先に灯すちんまりした火の玉？　あんなのでどうやって魔物を倒すのよ」

「く、工夫とやる気と根性！」

「はいはい。わたしに勝てるようになってから言ってねー」

「ぐぬぬぬぬ。ナッツ、決闘だ！」

「ふふん、いいよ。負けた方は今日の夕飯を一品譲るってことで」

「い、いいぜ？　後悔しても知らねえからな！」


で、決闘した結果。


「いえーい、ナッツちゃん大勝利ー！」

「ぐやじい！」

シロウの完敗だった。

「いやー、いつもありがとうねシロウ。わたしに夕飯おすそ分けしてくれて」

「くっそー、いまに見てろよ！」

「はいはい。わたしが見てる間にちゃんと強くなってね。さ、帰ろ」

ナッツがシロウに手を差し出した。シロウは口を尖らせて、ナッツの手は借りずに自力で立ち上がった。負けは実力が足りないからだと受け入れられるけれど、情けを掛けられるのはシロウのプライドが許さなかった。

ナッツはシロウの子どもっぽい部分をからかおうとして、突如、背筋が凍り付いた。

「ね、ねえシロウ、なんか、森の様子が変じゃない？」

ぞわぞわと、背中が粟立つ奇妙な感覚。身の毛もよだつ危険が迫っている。そんな気がしてならない。

そして、寒気を覚えたのは彼女だけではなく、シロウも同じだった。

「走るぞ！」

「う、うん！」

シロウはナッツと一緒に、村の方へと駆け出した。

すると、背後から、粘り気のある殺気が、木々の枝葉を揺らして駆け寄ってくる。

「なんなんだよ、あの化け蜘蛛《ぐも》は！」

二人が感じた悪意の正体。それは体長五メートルはあろうかという巨大な蜘蛛の化け物だった。

走る、駆ける、突き抜ける。足を止めることは許されない。慣れ親しんだ木々の小道が、見慣れない道のりに感じられる。重圧で息が苦しい。

「きゃっ！」

隣を駆けていたはずの幼馴染が、忽然《こつぜん》と、視界から消え失せる。

振り返る。

樹木の根に足を取られたナッツが、地面に転がっていく。

「ナッツ！」

「シロウ！」

だからとっさに、足を止めて手を伸ばした。伸ばしあった二人の手が、その指先が、重なり合うその刹那。

「ギュラリュルゥゥゥゥウウアアアァッ！」

ナッツの足へと糸が伸びた。シロウの指先を擦り抜けるように、ナッツの体が遠のいていく。背後から迫る化け蜘蛛が放った糸にからめとられ、地面を擦り、手の届かない遠くへと離れていく。

(なんだよ、なんなんだよ、これは)

ふざけるな。連れて行かせてたまるか。

(ナッツは俺の、たった一人の、幼馴染なんだ！)

腕が、熱い。指先がどろりと溶け落ちそうだ。

「返せ。ナッツを返せよ、クソ蜘蛛ォオォ！」

手のひらに、火の玉が灯った。生まれて初めての、まともな火属性魔法だった。

シロウの放った魔法が、化け蜘蛛目掛けて一直線に飛んでいく。狙いどおり、蜘蛛の顔面に着弾した。

「ぐはぁっ！」

「シロウ！」

だが、まるで効いていなかった。いや、効果はあった。ナッツの足元へと絡みついていた蜘蛛の糸を、シロウのファイヤーボールは焼き切っていた。大事な幼馴染を、彼は守ることができた。だが、

「起きて、シロウ！」

幼馴染を守った代わりに、彼は致命傷を負っていた。蜘蛛の払った前足が、彼のろっ骨を砕いたのだ。

(ダメだ、視界が、暗くなって)

意識が遠のいていく。

(くそ、こんなところで、終わりかよ)

まだ、この森すら出られていないのに。


『シロウ』


声がする。

『立て。お前はここでくたばる有象無象ではない』

誰の声だろう。聞き覚えは無い。だけど、どうしてだろう。シロウは知っている。この声の主が誰なのかを知っている。

(父さん……?)

そうだ、死ねない。ここでくたばるわけにはいかない。

「シロ――」

フラフラになりながらも立ち上がった幼馴染へとナッツが声を掛けようとして、口を噤んだ。

『お前には俺の血が流れている。力の使い方はわかるはずだ』

声の主に従って、手のひらを化け蜘蛛に差し向けた。そのまま、人差し指を残して指を折りたたみ、蜘蛛へとぶしつけに指を突き付けた。

シロウの脳裏に、一つの文字が浮かび上がる。

「死んで――」

その文字の名は、ᚲ《ケナズ》!

シロウの指先から、目を見張る、爆炎がほとばしる。

「たまるかぁぁぁぁぁ!」

炭も灰も、後には残らなかった。ただ一切合切が烏有《うゆう》に帰した。化け蜘蛛の残骸など、面影もない。

「シロウ、なの？」

恐るおそる問いかけた少女に、少年は優しくほほ笑んだ。

「すっげえぇぇ！　見たかよナッツ、俺の魔法すごいだろ。これはお前に勝つ日もそう遠くないぜ！」

「ええっ！　ちょ、ちょっと、いまの魔法わたしに向けて放たないでよ？」

「えー、どうしよっかなー」

「禁止！　禁止だからね！」

これは、名もない小さな村で育った少年が、世界一の冒険者を目指して世界を巡る冒険譚《たん》。

その幕開けの物語だ。

【冒険者試験：埠頭人狼】

大陸南西にある港町へ流れる運河を空から見下ろせば、渓谷に、鉄でできた橋が架かっている。背高の船でも橋の下を往来できる十分な高さを確保した、短支間の鉄橋だ。

工業化が進む時代、産業物資を運搬する道路網の拡張が求められていた。この鉄橋もそんな需要によって生まれた施設であり、鉄鋼の製造にかかわる技術的革新により、建設費用が下がることでようやく実現できたという。

「わはぁ、見て見て、師匠！」

目を輝かせるササリスに意外な一面を見た気がした。金にしか興味がないものだと思い込んでいたけれど、最先端技術をすごいとはしゃげる心もあるんだな。感心感心。

「この橋あたしが建てさせたの。うぇひひ、あたしの見立ての三倍くらいの通行料がとれるかも！」

やっぱり金じゃないか！　というか、お前が建てたのかよ。手広くやってるなぁ。

「あ、見て師匠」

橋にようやく差し掛かったところで、ササリスが少し上流から、緩やかに蛇行する川を下ってくる小型船舶を指さした。紺色の作務衣《さむえ》につばつきの帽子の男が、船を操縦しているのがわかる。

「あの船に乗ってる人の胸のマーク」

ああ、あれか。最近破竹の勢いを見せてる水運ギルドだろ。知ってる知ってる。

「あの水運ギルドもあたしが作ったんだよ」

あれもお前かよ！　どんだけ手広くやってんだお前は。はあ、頭が痛い。

「おい、助けてくれっ！」

小型船舶を操る男が、遠くから野太い悲鳴を上げる。男が背後を振り返ったのでつられて上流を見る。すると渓谷の陰から、ひときわ大きい、ぷるぷるしたゲル状の生き物が、激しいしぶきをまき散らしながら船舶を追いかけていることに気づく。

「師匠、大変！」

わかっている。おそらくあいつはスライムだが、あれほど大きなスライムは見たことも聞いたことも無い。突然変異種の可能性がある。

「魔物に襲われて従業員が負傷なんてことになったら、あたしの水運ギルドにケチが付いちゃう！　損しちゃう！　助けなきゃ」

そっちかぁ。安心した。ササリスがササリスで安心した。

（とは言ってもなぁ、この橋、結構足が高いし）

俺の文字魔法の間合いの外なんだよな。

と、考えている俺の横を、大きな武具を背負った人影が追い越していく。

時の流れが、緩やかになった気がした。

俺の視界の横を、艶《あで》やかな金色の髪がなびきながら通り過ぎていく。すっきりとした甘みのある、爽やかなローリエの香りが俺の鼻腔《びこう》をくすぐっていく。

（ハッ、このおっぱいは……！）

一瞬、ほんの一瞬、俺の眼球がとらえた豊満なおっぱいを、横乳を、俺が見間違えるはずなかった。

「私が前に出る！」

騎士然とした格好の女性が鉄橋から身を乗り出した。空中で、背中に担いだランスを引き抜き、構え、位置エネルギーを推進力に変えてスライムに向かって突撃していく。

激しい水しぶきが巻きあがった。衝撃波に弾かれて、スライムが船舶から見て後退していく。

風属性を身にまとい、川面《かわも》に立つ女性が、ランスの先をスライムに合わせる。

「我が名はラーミア。クルセイダーとして、スライム、貴様をここで足止めする！」

ラーミア・スケイラビリティ。彼女は原作【ルーンファンタジー】において、幼馴染のナッツの次に仲間になるキャラクターだ。魔法主体のシロウやナッツにとって貴重な前衛メンバーで、高い防御力と魔法耐性を持つ騎士職である。

「お、おおぉぉっ！　お前ら、彼女に続け！」

「火だ、あのスライムは火属性に弱い。火属性の魔法を使えるやつは彼女の援護に回るんだ！」

鉄橋にあつまる通行客のうち、火属性に自信のある人たちが端に寄り、一斉に魔法を放った。

援護射撃として放たれたそれらは、一人矢面に立つラーミアを避け、スライム目掛けて飛んでいく。だが、

「な、なにぃぃっ！」

「水柱を立てて、火属性の魔法を防いだ？」

スライムは川の水を操ると、放たれた火を一斉に鎮火した。だけではない。巻き上げた水をスライムは、そのままラーミアへとぶつけ、攻撃に転用する。

「ぐっ」

ラーミアは大盾を構えると、その水流を受け止めた。流れに身をゆだねるように水流を受け流し、再びスライムと対峙《たいじ》する。

「まずい、この地形はあまりに不利だ。クルセイダーの君、引き上げるんだ！」

「断る。私が持ち場を離れれば、危険にさらされる人がいる」

ラーミアが一瞬、後方へと視線を送ったのがわかった。その先にあるのは小型の船舶。いたのは水運ギルドの男。

「敵前逃亡は騎士道不覚悟、推して参る！」

水面を蹴り飛ばすと、ラーミアは迷いなくスライムへと突撃した。

（かっけぇぇぇ！　さすがラーミアだ！）

金のことばっかり考えているササリスとは格が違った。

橋の人たちは、水運ギルドの人の救出を優先することにしたか。川の近くでこのスライムと戦うのはあまりに不利だ。一度人命を救助した後、改めて、有利な場所に誘い込み、対処しようと考えているところかな。

（いいもの見れたし、俺もどさくさに紛れて立ち去るか）

ラーミアと接触することが原作にどんな影響を及ぼすかわからないしな。

（いや、ちょっと待てよ？）

逆にチャンスなのでは？

（ここで俺が圧倒的ルーンをラーミアに見せつけておくことで、彼女からシロウに俺という存在を話してもらうプランもあるぞこれ）

話に聞くだけでも恐ろしい実力者。その話をシロウが聞いた時の緊張感。アリだ。アリ寄りのアリだ。

何がいいって、シロウと出会った時のインパクトだ。たとえば、ここでラーミアに話してもらわずにシロウと対峙する場合を考えてみる。

たとえばこんな感じ。

◇◇◇

「いまのは、俺と同じ魔法？　何者だお前は！」

◇◇◇

悪くない。

だが、ラーミアから事前に俺の話を聞いておけばシロウの反応が劇的によくなる。

たとえばこんな感じ。

◇◇◇

「いまのは、俺と同じ魔法？」

シロウの脳裏によみがえったのは、仲間のクルセイダー、ラーミアから聞いた話だ。

――私はここに来る途中、シロウとよく似た青年を見かけた。

――彼はお前と同じ魔法を使っていた。

――だが、中身も雰囲気もまるで違う。

――目を見ればわかる。

「そうか、お前がラーミアの言っていた……！」

◇◇◇

回想をシロウに押し付ける、神の一手……！　俺は天才かもしれない。

古来、回想は負けフラグと相場が決まっている。俺が何者なのか、それをシロウに伝えようとすれば、どうあがいても俺の過去を回顧せざるを得ない。だが、そんな真似をすれば、勘のいい人間は「あ、こいつ死んだな」、「クロウくんも頑張ったけどここまでか」と悟ってしまう。

だが、事前に俺の情報をシロウに掴ませておけばどうなる。立場は逆転だ。回想する人物は俺からシロウに反転する。勝敗の因果は、逆転する。

どうやら、力を発揮する場面がやってきたようだ。

この場に導かれし俺のなすべきことはたった一つ。

ラーミアの記憶に、俺という強者の存在を叩き込むのだ！

たとえばこんな感じ。

◇◇◇

川面でスライムと対峙するラーミアの前に、突然の人影が！

「ぐっ、ともに戦ってくれるのか？　ありがたい、私が前に出よう。後方援護を――」

ラーミアが言い切るより早く、前衛に躍り出るより早く、目の前の運河が燃やし尽くされる。

「な、何が起きたんだ」

ラーミアの思考が、回転を放棄する。いや、より正確に言えば、直感が導き出した疑問に対する回答を、本能が忌避している。

「そんな、これが、たった一人によって放たれた魔法だと言うのか？」

寒気が全身を支配する。さび付いた人形のように、体の動きがぎこちない。まるで、鳥肌が体内の熱をすべて奪い去っていくかのようだ。

「お前はいったい、何者なんだ」

◇◇◇

完璧ですわぁ。これは圧倒的ダークヒーロー。よっしゃー、やったるでー！

「え、師匠？」

　俺は少し駆け足で鉄橋から身を乗り出し、ラーミアにならって川面へ飛び込んだ。

　ここで大事なのは、シロウが最初から使えるく《ウリズ》の魔法を使うこと。同じ魔法なら威力の違いがはっきりわかる。実力の差がより鮮明に浮かび上がる。

　射程の限界突破のコツはわかった。空間を操ってしまえばいいんだ。でも、そんな都合のいい文字なんて……あるんです！

　往古来今謂之宙、四方上下謂之宇。宇宙の宙は過去現在未来を、宇は上下四方の空間的広がりを意味するという言葉だ。

「ぐっ！」

　水しぶきを上げながら、ラーミアとスライムの間に割り込んだ。しぶきを浴びたラーミアが、水滴を拭いながら言葉を続ける。

「ともに戦ってくれるのか？　ありがたい、私が前に出よう。後方援護を――」

　ラーミアの言葉に血が熱くなる。こいつ、俺の想定していたセリフと一言一句たがわない模範解答を……！

「【宇】」

　落下の最中に描いていた漢字を完成させると同時に、俺の前方が青く変化し、消滅した。空間が縮んだ分だけ光の波長が短くなり、可視光の範囲を超過し、紫外線へと変化したからだ。

「<《ケナズ》」

縮めた空間を、青い炎が十分猛《たけ》り進んだところで【宇】の文字を解除した。空間のゆがみが復元され、遥《はる》か遠くまで伸びた<《ケナズ》が運河を焼き焦がしていく。

「なぁっ！」

あまりの熱波に、魔法耐性の高いラーミアさえたじろいだ。まして直撃を受けたスライムならなおさらだ。運河が干上がるレベルの爆熱を前に、ゲル状の魔物は一瞬で蒸発していく。抗う暇さえ与えない。

「な、何が起きたんだ」

驚愕するラーミアを見ているだけで、天にも昇れそうだ。そう、そういうリアクションが欲しかったんだよ、俺はずっと。

「そんな、これが、たった一人によって放たれた魔法だと言うのか？」

ラーミアの首筋を、玉の汗が滴り落ちていく。ドンピシャのセリフと反応だ。優等生のラーミアに盛大な拍手を。

「お前はいったい、何者なんだ」

ラーミア、お前は、いいヤツだなァ……！

俺が望んだセリフを一言一句たがわず、ものの見事に読み上げてくれる。これには採点に辛口のロシアもにっこり。

一〇点　一〇点　一〇点　一〇点　一〇点

堂々の、満点優勝です！

「フッ」

満足した。すごく満足した。後は意味深な感じで、何も言わずに立ち去るのみ。演出として完璧すぎる。

「ま、待て！」

こいつ、完璧か？　立ち去ろうとする俺を引き止めようとするとか、非の打ちどころがなさすぎるだろ。だからこそ、悔しい。

（なんで、どうして、俺のパーティメンバーはササリスなんだ）

俺もラーミアがよかった。ちゃんと俺の想定の範囲内で行動してくれる仲間がよかった。

（落ち着け、逆に考えよう）

どっかの偉人は言っていた。『従僕の目に英雄無し』ってな。歴史に名を遺《のこ》すような英雄であっても、身近な者にとっては一人の人間に過ぎないという言葉である。

「師匠ーっ！」

橋の上から、俺を呼ぶササリスの声がする。

「水運がしばらく業務停止したらどうするの。もうちょっと考えてやってよー」

ね？

これがマジでいい例。目の前で川が吹き飛んだのに、考えてるのは金のことである。感覚がマヒしすぎである。人間は決して歴史から学ばない。だが俺は、ササリスからきちんと学び、反省もした。

（逸材は、敵陣に置くべし！）

ラーミアにはシロウサイドで、敵の脅威をさりげなく解説させて光り輝いてもらうんだ。

たとえばこんな感じ。

◇　◇　◇

「止まるんだ、シロウ！」

「え？」

皮膚が灼けるように熱い火山を探索中のことだった。シロウが全身から吹き出る汗に倦怠感《けんたい》を覚えていると、突然、ラーミアがシロウの前で盾を構えた。

「ぐぅっ」

「ラーミア！」

「大丈夫だ、問題無い。致命傷は避けている、見た目ほどひどい傷じゃない。それよりも、問題は」

ラーミアは、攻撃が飛んできた方向へと視線を向けた。鋭い眼光が火山の一角を射抜く。

「ほう。いまの一撃をしのぐか」

「やはり貴様か、クロウ」

彼女の言葉に、シロウとナッツが驚いたように、彼女の視線を追いかける。そこにはシロウそっくりの容姿の、しかし肌が褐色に焼けた銀髪の青年がいる。

「シロウ、ここは私に任せて先に行け」

ラーミアは、対峙する相手がどれだけの使い手かを把握している。全員が束になって挑んでも敵わない相手だということも。

「無茶だ、ラーミア！」

「かもしれないな。だがまあ、足止めくらいならできるさ」

それでも、ラーミアはランスを構え、呼気を焦がす。

「我が名はラーミア・スケイラビリティ。死力を尽くして、貴様をこの場で食い止める！」

◇◇◇

最高だ。こいつならやってくれる。俺がやってくれると信じたことを達成してくれる。そんなスゴ味が彼女にはある！

（味方だとそんなセリフ吐いてくれないからなぁ）

やっぱり、彼女はシロウのそばにいてこそだ。

「おーい、お二人さん。あんたらすげえな！」

小型船舶を走らせて来るのは、ササリスが一枚かんでいる水運ギルドの男である。

「いやぁ、本当助かったぜ。この船にはな、海の神様に捧げる宝物が詰め込んであるんだ。こいつは礼金だ、受け取ってくれ」

財布から金銭を取り出そうとする男に対し、ラーミアは手のひらをかざし、ストップをかけた。どうしよう。彼女の反応と事の顛末《てんまつ》が予想できてしまう。

「いや、見返りを求めて動いたわけではない。それに、私一人では時間を稼ぐのが精いっぱいだった。礼を言われることではない」

（かっけぇ、まるで騎士様だ）

騎士様だったわ。

じゃなくて、この流れはマズい。じゃあ港町まで送ってってやるよ。兄ちゃんもどうだい？　みたいな流れになるやつ。それはダメだ。これ以上ラーミアと接点を増やすと変なフラグが立つ。

「けど、それじゃ俺の気が済まねえんだ」

「それなら、港町まで送ってくれないか？　今年の冒険者試験が、その町で行われるみたいなんだ」

「お安い御用でさァ！　兄ちゃんも一緒に……！　ちょっと待て、兄ちゃんはどこ行った？」

「彼なら私のすぐそばに、いない、だと？」

ふぃー、危なかった。

思うまいて。まさか目を離した一瞬の隙に、俺が橋の上に移動してるとは思うまいて。

いやぁ、素晴らしい逸材だった。だから、ここは心を鬼にして突き放す。名残惜しいが、達者でな、ラーミア。いくぞ、ササリス。

「ふん、ふふふん」

お前、なんでそんなに上機嫌なの。怖い。

「あたしたちも、冒険者試験を受けるんだよね！」

「ああ」

首にかけた小さな鍵を握る。

「アルバスはこの鍵を狙っていた」

親父殿は伝説の冒険者だ。親父殿の跡を追えば、アルバスにつながる手掛かりがあるかもしれない。

「船に乗せてもらわなくてよかったの？」

いいの。

「なーんてね。わかってるよ。あたしとの二人旅を少しでも長く楽しみたかったんだよね！」

言ってない。わかってない。

「んー、でも師匠。受付がこの先の港町にあるってこと以外書いてないよ。会場は自分たちで突き止めないといけないみたい。どうするの？」

冒険者とは危険を冒す者、と思われがちだが、それだけではない。事前に情報をきちんと収集し、冒す危険を最小限に抑えることも、重要な資質である。受付会場の場所を突き止めることと自体、冒険者試験の一環だ。あるいは第零次試験と言い換えてもいい。受験志望の九割が、受付にたどり着く前に脱落する。

「こういう時に、情報を集める場所と言えば相場が決まっているんだよ」

海風が潮の香りを運ぶ港湾。魚の匂いが染みついた卸売場の裏に、明かりが少しこころもとない木造家屋が立っている。

「賭場？」

そう。賭場。賭場が情報収集に向いている理由はいろいろある。まず、情報の幅。賭場は様々な階級が集まる場だ。ゆえに、幅広い情報が集まりやすい。

次に、情報の深度だ。賭場は不正の温床だ。機会、動機、正当化を不正のトライアングルと呼ぶが、多額の金銭が動く賭場ではこれが強く働きやすい。刀傷沙汰に発展することも珍しくない。そんな場だから、大々的には知られていない情報が流れることも多いのだ。

そして三つ目だが、相手を調子づかせやすいところだ。大勝ちしている時、人は口が軽くなる。忖度《そんたく》次第で情報を引き出しやすいってのが賭場なんだ。

わかったか、ササリス。

「完璧に理解した。行ってくる！」

本当かなぁ。不安だ。まあ、最悪原作知識があるから賭場に来る必要も無いわけだけど、物事には風情というものがあるのである。それを楽しんでいきたい。

（あ、そうだ。いまのうちにフードで顔を隠しておかないと）

シロウとの対決中に素顔が暴かれる。これはダークヒーローにマストだ。外せない。フードを目深に被《かぶ》って、俺もササリスに続いて建物に入った。

「よォフードの兄ちゃん。ひと勝負どうだい⁉」

俺に声をかけたのは、左目に刀傷のある男だった。山羊《やぎ》のチーズに茶葉を入れて煮たてた茶を片手に、サイコロを使った博打《ばくち》をしているようだ。

ふむ。ササリスに任せっきりだと不安だし、俺は俺で動くか。

「いやぁ、参った。途中までは大勝ちしてたのに、最終的には詰められちまったなぁ」

ガハハと笑いながら、目に刀傷のある男はお茶を追加注文した。いくら忖度するといっても、大損こいたんじゃしょうもない。ある程度情報を集め終わったら損を回収して、最終的にちょっと勝つか負けるかくらいにするのが賢い勝負の仕方だ。

「楽しい勝負だったぜ、またやろうや！」

二度とやることは無いだろうな、と思いながら席を立つ。

（さて、受付会場はわかった。ササリスは——）

と、店内を見回して、気づいた。店の一角に、とてつもない量のギャラリーが集まっている。

「あっはっは！　いやぁ、悪いねぇ！」

「いやぁ、すごいお嬢ちゃんだ」

「勝負勘が強いんだな。勝てる勝負と勝てない勝負の見極めがうまい」

「それにハッタリもうまい。何者なんだあの嬢ちゃんは」

あいつ、なんのためにここに来たのか忘れて普通に金巻き上げてやがる。

「さあさ、次は誰が相手だい？」

「お嬢ちゃん、再挑戦してもいいかい？」

「あはは、いいよいいよ。いくらでもかかってきな」

「ただ、これだけ負けが込むと、どうやっても巻き返せない。俺とお嬢ちゃんの間でやり取りするレートだけを百倍にして、最後に一戦してくれないか？」

「へぇ？」

ササリスの目が据わった。おそらく、無駄にハイスペックな頭脳をフル回転させ、損得を必死に勘定しているのだろう。

「いいよ、やろっか」

ササリスが勝負を承諾すると、ディーラーが場に開示されたトランプを集めてデッキを切り始めた。どうやら勝負はポーカーで決めるらしい。席に着いた男とササリスが互いに参加料のチップを場に出した。

そして、ササリスは追い込まれた。

「ぐやじぃぃ！」

結局、ササリスは負けた。大敗した。リリリスの手札はスリーカードだったが、相手はフォーカード。それもAの。駆け引きの余地は無かった。ササリスがふてくされて、俺の隣のカウンター席に腰かける。

「卑怯だ。あんなにも向こうに運が傾いていたら技量でカバーしきれない。ああ、あたしのお金、大金だったのに」

日頃の行いが悪いからだろうな。

「師匠はわかってるでしょ？　あたしはカードの位置を把握するイカサマをしていたんだ」

指の関節一四箇所。両手を合わせて二八箇所。そこにササリスは視認できないほど細い魔力糸を通し、トランプのカードにマークを付けていた。ササリスの勝負勘の強さは、全五二枚のカードの内二八種類を把握して進められる優位性に裏付けられたものだった。

「それに勝てるとしたらよほど運がいいか、もしくは同じようにイカサマで……」

ササリスがハッと気づいた。

「もしかして、相手も」

俺は小さくうなずき、グラスを呷《あお》った。

「でも、魔法を使った様子なんて無かったよ？」

わかってない。わかってないな。

「イカサマをするのに魔法なんていらないさ」

ササリスが抜けたところに別の客が入り、ササリスをカモにした詐欺師が次の試合に意識を割くのを確認して、俺はカウンターにあるカードデッキをカウンターにばらまいた。

「ゲーム終了時、テーブルにはカードが表向きで並んでいるだろ。そしてそれは、ディーラー役の彼が取り集めている」

「うん」

「その時にな、たとえば四人で勝負する時は、ちょうどAが四の倍数番目にくるように集めてるんだ」

たとえば4、5、8、Aと並んでいる時は左から順に集め、A、9、6、3と並んでいる時は右から集める。すると並びは4、5、8、A、3、6、9、Aになる。

「あ、そうか。これを順番に配れば……」

「四番目にカードを配られる相手には二枚のAが渡されるわけだ」

仕込みの時点で四回繰り返しておけば独り占めできる。いくらササリスがカードの場所を把握していても、カードの所在自体を支配されては抗いようがない。

「でも待って。そのあとちゃんとカードの束はシャッフルされてたよ」

「本当にシャッフルされてたらな」

四の倍数番目にハイカードをまとめたデッキの束を、残りの無造作に集めたカードの束に合流させる際に一枚カードをずらして目印をつけておく。

「こうやってズラして目印をつけることをインジョグと呼ぶ」

「そっか。この目印をもとに、積み込みを崩さないようにカードを切ってるフリをすれば……」

「まんまと強力な手札を仕込めるってわけ」

ササリスが眼光を鋭くして押し黙った。

「ま、気づけなかったササリスが悪い。自分もイカサマしてたんだから、相手のイカサマばかり非難するなよ？」

「わかってる。けど、どうにも納得いかない。あたし、もう一回挑んでくる！」

「受けてくれないと思うぞ。一度ぼこぼこにした相手がもう一度挑んで来たら、イカサマを見抜かれたと警戒する。そうすればまず勝負自体が成立しない」

それに、受付がどこかの情報はすでに俺が聞き出した。本来の目的は達成したと言っても過言では無い。

「でも、でも！」

それで納得できるなら、ササリスじゃないか。

（はあ、しゃあねえな）

ちょうど一ゲーム終わるところみたいだな。かたき討ちくらいしてやるか。

カウンター席を離れ、ササリスをカモった男の待つテーブルへと足を運ぶ。

「ひと勝負お願いしようか」

「あん？　兄ちゃん、金は？」

俺はササリスが失った額と同額をベットした。

「正気か？」

俺は何も語らず、ただ席に着き続けた。

「後悔すんなよ？」

その言葉、そっくりそのまま返すぜ。

ふーん、イカサマの手順を変えてきたか。

最初にAだけを抜き取っておき、デッキの一番下に仕込んでおくのだ。共謀者以外には山札の上から、共謀者には下から配る。するとAがすべて一人の手札へと集まるってわけだ。

(鮮やかな手つきのイカサマだな。だが、無意味だ)

その程度のイカサマなら、どうとでも打ち砕ける。

互いに五枚のカードが配られて、互いに自らの手札を確認する。しかし、顔を青くしたのはイカサマを仕掛けた側の男だった。

「レイズ」

俺は掛け金をさらに吊り上げる。おっさんはたじろいだが、ひとつ息を吐くと呼応した。

「がはは、威勢のいい小僧だ。だがそれは蛮勇というもの。勝負の世界を教えてやる、レイズ！」

「レイズ」

「なっ！」

おっさんが豆鉄砲くらった顔をする。

「どうした。顔色が悪いぞ」

「る、るせえ。オールイン！　俺は一枚交換だ」

おっさんは明らかに挙動が不審だった。俺の一挙手一投足を入念に注視している。だがそれは、俺のイカサマを疑ってのことではない。彼自身の不正がバレないかを危惧してのことだ。

「なら二枚」

カードを二枚捨て、山札から新たに二枚補充する。

「Aのフォーカードだ。悪いな小僧！　がはは」

「ああ、そうだな。悪い」

俺は彼に続いて手札を晒《さら》す。

「ストレートフラッシュ」

「なに！」

ストレートフラッシュはトランプのスート（ダイヤやスペードなど）がそろっていて、かつ数字が連番になってる手札だ。

役の強さで言えばロイヤルストレートフラッシュに次いで強く、Aのフォーカードが出ているこのゲームでは最も強い役になる。

「俺の勝ちだ」

「イ、イカサマだ。こんな土壇場で、ストレートフラッシュなんて出るわけがねえ！」

「イカサマ？　イカサマってのは」

俺はおっさんが入れ替えたカードを表にして指摘する。

「この五枚のAを仕組んだおっさんのことか？」

「なっ」

おっさんはフォーカード。ただそれは手札を入れ替えた後の話。

「ち、違う！　五枚目のAは俺じゃない」

「四枚のAは自分で仕込んだと認めるんだな」

「うぐっ！」

語るに落ちたな。

もちろん、五枚目のAは俺のイカサマだ。俺のストレートフラッシュもな。

「師匠！　すっごい、すっごい！　サイコー！」

はしゃぐな。いくぞ。

「うん！」

ベットされた金を巻き上げ、テーブルから離れる。

「この、待てやクソガキ……っ！」

男がテーブルを蹴り飛ばす勢いで立ち上がり、退店しようとする俺の背後から迫り、動きを止めた。

「な、なんだこれ、体が動かせねえ」

俺が何かをするまでもなく、ササリスが糸魔法で男を捕縛していた。

「ゲームの話で済ませてやるって言ってやってるんだ。それとも、次は命を賭けてやりあうかい？　いいよ、あたしはそっちでも」

「ヒッ」

男が顔を青ざめさせる。もがき、何かを訴えようとしているが、絞められた首からは呼吸が零れる音しか聞こえてこない。

「放っておけ。いまは騒ぎを起こす時じゃない」

「むぅ、師匠がそう言うなら」

ササリスが魔力糸を解除すると、男はその場にへたり込んだ。彼の足元には水たまりが広がっていた。

「あっ！」

店を出たところで、ササリスが思い出したかのように声を上げた。

「そういえば、受付会場の話聞くの忘れてた」

知ってた。

「俺が聞いたから問題無い」

「さっすが師匠！　場所は？」


埠頭《ふとう》倉庫。貿易港として、運び込まれる荷物や運び出す予定の荷物を保管する場所に、静かに、人が集まり始めていた。

「お待ちください」

その、倉庫の入り口に、おかっぱ頭の少女が二人、立ちはだかる。

「あなたはいま、運命を選択しようとしています」

「この先に踏み込めば命の保証はできません」

「最後まで戦い続けることになります」

「どうか、いま一度ご一考を。すべてが、取り返しのつかなくなる前に」

そんな二人の言葉には耳もくれず、俺は倉庫の扉に手を掛けた。

「まあ、ご両人ほどの実力者には無用の忠告でしたね」

「ようこそ。冒険者試験会場へ」

倉庫に入ると、すぐに、地下へと続く通路が目に入る。冒険者試験のために用意された特設フィールドだ。木製のコンテナが遮蔽物として散在する地下空間に、受験生と思われる人物が、およそ四百人近く集まっている。

「うわぁ、すっごいね、師匠」

ササリスが感嘆の声を上げたのも無理はない。倉庫の外観からは想像できないほど広いフィールドだ。あまりの広さに驚くのも当然と言える。

「この施設造るのにどれだけお金かかったのかな」

また金の話だったか。買いかぶりすぎていた。

(シロウたちは、まだか)

ヒーローは遅れてやってくるのがお約束だからな。

……暇だな。ヒーローが遅れてやってくる理由、試験が開始されるまでの空白の期間が演出的に薄味だからなのでは。うわ、嫌なことに気づいてしまった。

「おいおい、どこの道楽貴族だぁ？　冒険者試験はなぁ、遊びじゃねえんだよ！」

「そうだそうだ、悪いことは言わねえ。ガキは帰ってクソして寝てな！」

「ぎゃはは、それがいい。それとも、ここで俺らがいっちょ指導してやろうか、冒険者試験合格最有力候補のスキンヘッヅ三兄弟がな！」

ああ、いたな。かませ犬な三兄弟。振りかかっちまうもんなんだよな、上質な悪役には火の粉が。

「スカしてんじゃねえぞガキ！　──あ？」

「アニキ？　急に固まってどうしたんで……」

「な、なんだこれ。体が、動かせねえ」

俺が何かをするまでもない。スキンヘッヅ三兄弟はササリスの魔力糸に捕縛された。さっき見た。

「はぁ、しけてんね」

スキンヘッヅ三兄弟から財布を抜き取ったササリスが、中を確認してため息をついた。そして、指先を器用に操ると、男たちの方から悲鳴と鮮血が上がった。

「ぎぃぃぃやぁぁぁぁっ」

「いでぇ、いでぇよぉ！」

「お前、こんなことしてただで済むと思ってんのか？」

それぞれが支払った代償は指二本。

「あんたら聞いてなかったのかい？　『この先に踏み込めば命の保証はできません』って最初に言われただろう？」

殺されなかっただけ温情だと思いなとササリスが言い放つ。

「一つ勉強になったね。次からは挑発する相手をよく選ぶこった」

「ひっ、ひぃぃぃ」

無様なもんだ、かませ犬ってやつは。俺はああはならないぞ。絶対にだ。


待ち時間中、することが無いので俺は主人公とどんな立ち回りを繰り広げるかの妄想を膨らませていた。ササリスは参加者から金を巻き上げていた。ロクなペアじゃないな、これ。

「定刻となりました。これより冒険者試験第一次試験を――」

「待ったぁ！　俺たちも、参加します！」

開始時刻を告げる試験官の言葉を遮り、滑り込みで参加しようとする声が。

（来たか）

心臓を握られたかと錯覚する衝撃が、全身を突き抜けた。

波動関数は収束した。運命はここに、俺たち二人の巡り会いを決定づけた。

血が熱い。口が乾く。鋭敏化した肌感覚が、視覚以上の情報を、俺の脳へと訴えている。

俺と瓜二つの容姿。ルーツを同じとする魔法の使い手。

(待ちわびたぞ、シロウ……！)

ルーンファンタジーの世界に転生して早十五年。お前の前に絶対的な壁として立ちはだかる。その目標を胸に、俺は生きてきたんだ。その悲願が、ようやく叶う。

「あれ？　あの子、師匠に似てない？」

ににに、似てませんけど！　全然似てませんけど？

よく見ろ。俺の髪は白銀で目が赤色。肌は褐色。対するシロウはいわゆる日本人風、黒髪黒目の黄色い肌。この意味がわかるか？

俺の方が、カッコいい。

「確かに……！」

よし。

「滑り込みの参加を認めます。それでは、改めて冒険者試験一次試験の説明を行います」

もともとピリピリしていた空気が、一層張り詰めた。他の冒険者の息遣いが聞こえる。固唾を呑む音がする。

「冒険者試験、倍率数千と言われる超難関試験」

「いったい、どんな試験なんだ……！」

緊張した空気の中、俺は思った。

（かーっ、有象無象のモブがモブらしく騒いでいる中、フードをかぶって沈黙を貫く俺。これは謎の実力者ですわ）

これこそダークヒーローの神髄。一般参加のフリをしながら背景に紛れているが、第三者から見れば「こいつ絶対重要キャラだろ！」ってわかる存在感。オーラを殺しきれない人物を演じるのは気持ちがイイぞい。

「皆さまにこれから行っていただくこと。それは――鬼ごっこです」

にわかに会場がざわめいた。超難関と知られる冒険者試験の第一種目が児戯だと言われ、侮辱されたと憤慨している者もいる。

「もちろん、ただの鬼ごっこではございません」

喧騒《けんそう》が広がる中、その試験官の声はよく響いた。透き通るようで、しかし不安になる音が、会場に広がる。試験官が指笛を吹く構えを解くと、どこからともなく四足の獣が試験官の周りに集った。その数、十四。

「ひっ、な、なんだこの魔獣は！　どこから入ってきやがった！」

「狐憑《きつねつ》き、と呼ばれる狼《おおかみ》になります。学術名は狐狼《ころう》。狼の狩猟能力と、狐の狡猾《こうかつ》さを併せ持ち、群れればバグベアでさえ仕留めます」

バグベアというのは、二足歩行の、熊のような魔獣である。

「皆さまにはこの狐狼から逃げつつ、この倉庫内に隠されたタスクをこなしていただきます」

「タスク？　それはいったい何だってんだ？」

「調べるのも、皆さまの仕事です」

試験官は懐中時計を取り出し、目を伏せた。

「時間です。これより冒険者試験、一次試験【埠頭人狼《じんろう》】を開始いたします！」

開始宣言がされるや否や。さっそく会場から悲鳴が上がった。スキンヘッヅ三兄弟の末弟だ。

「ぐあぁぁぁぁっ！」

「ひぃっ、アニキ、助けてくれぇ！」続けざまに、次男が襲われる。

「この野郎ォ、俺の弟から離れろ！」

三兄弟の中で一番大柄な男が近場にあった鉄の資材をぶん回すと、狐狼は執着せずに飛びのいた。

「ぐぅっ、いてぇ、いてぇよアニキ！」

「腕が変色してる。まさか、毒か！」

飛《と》びのいた狐狼はすぐさま攻撃に転じる代わりに、負傷した男の様子を一定の距離を空けてうかがっている。

「感染症、だね」

ササリスがつぶやいた。

「な、なにぃぃぃっ！」

「噛まれるだけで致命傷じゃねえかよ！」

「くそ、聞いてねえぞ！」

「ヤメロー！　シニタクナーイ！」

あらら。ダメだな、この程度で冷静を失うやつらは。特に最後の奴。なんかもう、ダメなオーラがぷんぷん漂ってる。

「バリケードだ！　コンテナを集めて防御壁を作って作戦を考えよう！」

お、シロウだ。あいつは主人公やってるな。感心感心。

「時間は私が稼ごう」

「あんたは？」

「ラーミア・スケイラビリティ。見ての通りクルセイダーだ。死力をかけて、この場を守る！」

ラーミアだー、かっこいいぞー！

よし、ラーミアがシロウと合流したのも確認できたし、そろそろ俺も動くか。

バリケードを作って一度作戦会議を立てようとみんなが動く中、ある一地点へ向かって歩いていくと、二匹の狐狼が俺たちの前に立ちはだかった。

「がるるるるぅ」

「バウッ！」

おうおう、そんなに吠えたら逆に丸わかりだぜ。ここに大事なものがあります、ってな。

「おすわり」

「ぎゃんっ」

ササリスの糸が狐狼を空間に縫い留《と》める。口を塞がれ牙をむくこともできず、手足を動かせず、爪も使えない。置物と化した狐狼の間を通り、コンテナの中身を確認する。

中に入っていたのは、チェスのポーンのような形状のオブジェクトだ。高さは俺の腰ほど。上部の球体が水晶でできていて、内部ではプリズムパーティクルが螺旋《らせん》を描いている。

「なにこれ、台座？」

ササリスが不用心に台座に手を置いた。すると彼女の手首に強い光が瞬いて、バングルがはめられた。手の甲側に、親指と人差し指をくっつけた時にできる輪っかほどの水晶球が付いていて、その内側には台座同様のパーティクルが飛び交っている。

「すっごーい。どうなってんのこの魔道具。持って帰れるかな、よいしょ。無理かー」

持ち上げようとするな。そしてコンテナごと床に固定しておいた運営ナイス。

「師匠、なんでわかったの？　ここに魔道具があるって」

「魔道具があることに勘付いたわけじゃない。何かあるとは思ったけどな」

と言いながら、俺も台座に触れてバングルを装着する。

「気づいたか、ササリス。放たれた狐狼が、いくつかのグループに分かれていること」

「あたしが財布を頂戴した受験生を狙ってる個体と、そうじゃない個体？」

違う。ある意味ではあってるのかもしれないけど。

「一つは、遊撃部隊。最初にスキンヘッヅ三兄弟に襲い掛かったやつらがそうだ」

そいつらはいまも、コンテナでバリケードを築こうとしているやつらを攻撃している。

「そして次が、誘導部隊。他の受験生が築いたバリケードの位置をよく見てみろ」

「あ。みんなここから遠い。もしかして、ここから遠ざけるように立ち回っていたの？」

そうだ。

「そして三つ目のグループ。それがこいつら十匹。いわば防衛部隊だな」

遊撃部隊は、やつらの本当の目的を隠すのが役割だ。誘導部隊で敵を防衛ラインから引き離し、防衛部隊で最後の砦《とりで》を守っている。

「なら、その先に踏み込めばいい。そこにやつらが本当に守りたいものが隠されているのだから」

「すっごーい！　なんでわかったの？」

そりゃ原作既プレイだし。っていうのは黙っておく。なぜなら自力で解いたって言った方がカッコいいから。

「鬼ごっこと銘打ってはいるが、これは冒険者試験だ。目的は冒険者としての資質を測ること。なら、この試験で調べられている能力を逆算すればいい」

一つ、身体能力。冒険者は危険が付きまとう職業だ。狐狼という脅威から逃れる、あるいは退ける実力が無ければ務まらない。

二つ、情報収集力。リスクの伴う職業だからこそ、そのリスクを抑えるための能力が求められる。狐狼の行動パターンを分析し、役割の分担を見抜くことができれば作戦立案につながる。

三つ、推理力。いくら前情報を集めても、想定外のことが起きるのが現実だ。狐狼の思惑を看破し、裏をかくことができるなら、冒険者になっても臨機応変な立ち回りが可能となるだろう。

「他にも安全圏を確保する力や、即興で他のメンバーと協力する能力なんかも調べているだろうな」

「へー、全然思いつきもしなかったや」

金が絡まないことにササリスはリソースを割かないからな。

「人が集まる前に離れるぞ」

「どうして？　ここで迎え撃てばよくない？」

甘いな。その考えは甘い。

「舞台で踊るのは道化に任せておけ」

試験官は最初、これから鬼ごっこをしてもらう、と言った。だが試験の内容は【埠頭人狼】。

人と狐狼に分かれての試験、と取れないことも無いが、人狼とは本来化かす物《もの》の怪《け》。仲良しこよしで終わる試験につける名前にしてはあまりに不穏だ。

「見ろ、戦況が動き始めるぞ」

コンテナバリケードの一つから、獣の断末魔が響いた。

「いよっしゃぁぁっ！　狐狼、討ち取ったりィ！　へへっ、何が鬼ごっこだ。こちとら魔物を倒す冒険者を目指してんだ。逃げてばっかりでいられるかよ！」

「行けるぞォ！　群れればバグベアを屠《ほふ》る狼でも、数で言えば俺たち受験生の方が多い。戦力を分散させ、各個撃破を狙うんだ！」

「うぉぉぉおっ！」

狐狼を倒せる。そのことに気づいた冒険者たちが勢いづき、地下空間が熱気に覆われる。

「ふぅん。ねえ師匠、狐狼が倒されたらゲームとしてなりたたなくない？」

「いや」

鬼ごっこは、あくまで前座に過ぎない。

「本当の試験は、ここからだ」

ほどなく、狐狼は冒険者志望の受験生たちによって完全に討伐された。一部、俺たちがバングルを入手する場面を目撃していた者たちがいたこともあり、受験生たちが入れ食いのようにオブジェクトに触れていく。

「おい、次は俺だ」

「うるせえ、俺が先だ」

と、我先にとオブジェクトに触れようとする冒険者たちの数が三桁に達したところ、水晶体内部のプリズムパーティクルが動きを止めた。

「は？　な、なんでだ。なんで俺の腕にはバングルが装着されないんだ？」

「どけ、次は俺だ……なっ！　俺も反応しないだと？」

「ま、まさか」

それから数人、片手で数えられる人が台座に手を置いたが反応はない。

「クソ、数に限りがあったんだ……」

「は、はぁ？　俺が狐狼を倒したんだぞ。なんにもしてねえやつらがバングルを着けてやがるのに、立役者の俺が着けられねえってのは、どういう了見だ！」

と、一人の冒険者が試験官を詰ったところで、惨劇は起きた。

「ぐぁぁあっ！」

つんざく悲鳴が、鉄の匂いを運んでくる。誰もが身構えた。

「バングルの数が足りないだぁ？　なら答えは簡単だろ。争奪戦だ。そのバングルをこっちに寄越しな」

悲鳴を上げた男の肩口に、すっぱり、鮮血の傷口が開かれている。腕を伝う血液がバングルを赤く染め、指先から地面へと滴り落ちていく。

「やめろよ！　こんなやり方、間違ってる！」

争いを始める二人の間に割って入ったのはシロウだ。

「ナッツ、その人の腕を治せるか？」

「や、やってみる！」

「頼む」

怪我をした男をかばうシロウを、バングルの無い、襲撃者である男が詰る。

「小僧、どけ。お前もこのまま失格するのは嫌だろう？　バングルを持たない者同士、仲良くしようや」

「嫌だ！」

「ならば死ね！」

男が刃物をシロウに向けて振り下ろした。あまりにも速い一閃《いっせん》。シロウの回避が間に合わない。ナッツが彼の名前を叫ぶ。

そして次の瞬間、金属同士が火花を散らす音が響き渡った。

「貴様の所業は、外道にも劣るな」

大きな盾がシロウをかばう。それを成した、艶やかな金色の髪を振り広げる彼女の名は、ラーミア！

「どいつもこいつも、わかってんのか。バングルが無けりゃどうにもならねえんだぞ？」

「他者を陥れなければ手に入らない資格なら、最初からいらない。私は騎士だ。求めるのは、守るための強さだ」

肌がしびれた。あまりの威風堂々っぷりに息を呑んだ。さすがラーミア、かっこよすぎる。

「それに、本当にバングルの所持が合格条件かどうかも怪しい」

「なんだと？」

「もし貴様の推測が正しいなら、なぜ、いま現在バングルを持っている者を合格としない」

「あ？　そんなの、この試験の終了条件が、受験生の残りがバングルの数を下回ることだからだろ」

「本当にそうか？　思い返せ。試験官は『タスクをこなしてもらう』と言ったんだ。そのタスクさえこなせれば、合格者数に制限は無い。そう考えるのが自然だ」

「そ、それは」

「一度冷静になれ。もう一度全員で手分けして手掛かりを探そう。別の切り口が見つかるかもしれない」

ラーミアの言い分は、正しい。

だが、正しい意見がいつも通るとは限らない。

「騙されねえぞ。そうやって、次こそ俺たちを出し抜くつもりだろ。それとも、バングルの持ち主がバラバラになった隙につけ込もうとしているのか？」

「お前は何を言っているんだ。私は騎士だ。騎士道に背くような真似はしない」

「ハッ、誰だって本当は合格したいんだ。綺麗事ばっかほざく奴の言葉なんざ誰が信じるか」


バングルを持たない者が互いに疑心暗鬼になる一方で、既にバングルを持つ者たちは徒党を組み始めた。数の有利を取るために。

持たざる者がバングルを奪うことは困難になった。数の有利を取り返すためには、持たざる者同士で協力するしかない。しかし、数の有利を取ることは、戦利品であるバングルの数が不足することを意味している。

出し抜かれることを警戒して、持たざる者同士でけん制し合う不毛な状況が続いている。

「はぁ」

隣でササリスがため息をついた。

「いい性格してるね、この試験を考えたやつは」

それには同意。ササリスとタメを張ると思う。

「ん？」

なんでもない。続けて。

「最初から腕輪ありチームと腕輪なしチームに分けてたら、ここまでの決裂は起きなかっただろうね。なまじ、一度共闘関係にあったからこそ、報酬の不公平さが、人を手にかける悪事を、正当化しているんだよ」

ササリスが自分の手を見ながらつぶやいた。結んで、開いて、手を払う。

「それだけじゃない。一度目の共闘を、受験生全員が気の緩みと認識した。背中を預ければ斬られると刷り込まれた。分断するつもりだよ、受験生同士を徹底的に」

まあ、そんな中でも共闘できる有志を募り、友情をもって攻略しようって気概の原作主人公もいるけどな。見てて楽しい。

「この戦略、あの企業とあの企業を蹴落とすのに使えないかな……」

やけに理解が速いと思ったらまた金の話か。

(さて、ササリスのバングルにはめられた水晶球の光が強くなってきてる。そろそろ時間か)

この試験、ラーミアが予想した『バングルの所持が合格条件ではない』というのは半分正解している。だが、より正確に合格条件を述べるのなら、こう。

「一次試験、最初の合格者が決定しましたので、ここで答え合わせと行きましょう。この試験の合格条件、それはバングルを装着した状態を、一定時間維持し続けること。これによりバングルは所有者を記憶し、二次試験以降の受験票として扱います」

解説を始める試験官の言葉に続けるように、俺のバングルがササリス同様に強く光り始める。

「さあ、二人目の合格者が決定しました。残された時間はわずかです。皆さまのご健闘をお祈りいたします」

さあ、シロウ、ナッツ、ラーミア。バングルが合格に必須アイテムだと判明したぞ。それでもお前たちは、まだ、守るための戦いなんてほざけるか？

「ササリス、人が最も残虐になるのは、いつか知っているか？」

「お金が絡んだ時」

そうね。お前はそうだね。だが、より一般化した答えというものが、この世には存在する。

「自らの正義を盲信している時だ」


「テメエ、これが狙いだったのか。俺たちの戦意を削《そ》いで、時間を稼ぐ算段だったんだな！」

受験生の一人が激昂《げきこう》し、ラーミアに怒りの矛先を向けた。

「なっ、違う！　私はただ、不要な争いを、無駄な血が流れるのを避けたかっただけだ」

「うるせえ！　もう騙されるか。どいつでもいい、俺にバングルを、寄越せぇぇぇ！」

バングルを持たない者が、バングルを持っている者からの強奪を急ぐのは当然の意識の切り替わりだ。だが、スタンスが変わるのは防衛側も同じだ。

「ごめんなさい、ごめんなさい、でも、どうしても合格しないといけないんです。バングルは、渡せません！」

合格条件を、すでに半分満たしている。あと少し守り抜けば、一次試験を切り抜けられる。持っている側は全員がそう認識した。

つまり、互いに共同戦線を張るメリットを共通認識とした。

「バングルを持っている全員に告ぐ！　これは守るための戦いだ。持たざる者に俺たちのバングルを渡すな、夢を奪わせるな！」

「おおぉぉおぉっ！」

それから、不毛な、不毛な争いが起きた。

持たざる者は、力を合わせることができず、単独で挑んで返り討ちにあっていく。たまに勝利を掴むものがいても、バングルを手に入れると敵に寝返る。

持たざる者の数だけが一方的に減っていく、血で血を洗う争奪戦。

「続いて合格者が出ました、これで残り――」

試験官のカウントダウンが、持たざる者の焦りを誘う。思考にふける余裕を奪い去る。

「なんで、なんでだよ！　やめろって。奪い合って手にした、血みどろの勲章で、お前たちは胸張って冒険者を名乗れるのかよ！」

シロウはそんな中、両陣営の争いを止めるため、必死に呼びかけている。

「うるせえ！　テメエはどっちの味方なんだ！」

「俺はみんなの味方だ」

「ハッ、テメエみてえな半端者で終わるくらいなら、俺は血なまぐさい勝者を選ぶね、どけっ！」

「いってぇぇぇ、なにすんだ！」

そんな小競り合いを、高く積み上げられた木製コンテナから見下ろす俺。かーっ、クールだぜ。これは強キャラ。たまんねえな。

「なんで、なんで誰もわかってくれないんだよ！」

シロウがギュッと拳を固めた。地面には、先に倒れた受験生の血がたまっていた。

う、うーん。シロウくんのメンタルがちょっとやばいか？　焚《た》きつけてでもケアしたほうがいいか？

こんな時支えてくれるナッツは……負傷者の治療で忙しそうだ。やはりここは俺が。うーん、でもなあ、最初の言葉は「ルーン魔法？　この程度の魔法が、本気でルーン魔法だと？」みたいな感じで対峙したいんだよな。

どうにか、くじけそうなシロウを奮起させてくれる人はいないだろうか。

「人が傷つくところを見たくない。その言葉に偽りはないか」

俺の祈りを聞き届けるように、シロウの前に立ちはだかる戦乙女が一人。

（ラーミア！　お前は最高だ！）

それでこそ俺が認めた希代の騎士だ！　ほら、シロウもなんとか言ってやれ！

「本気だ。俺は本気で、誰にも傷ついてほしくない」

ラーミアが、少しだけほほ笑んだ。

「なら、少なくとも私たちは手を取り合える」

「……え？」

「立て。悩んでる間に救える命があるんだ、まずは救え。悩むのは後でいい」

ラーミアの言葉に、シロウが胸打たれていた。「そうだ」とつぶやき、拳を固めて、前を向く。

「ああ、ラーミアの言う通りだ！」

かーっ、これは俺が軍師。ラーミアを味方に引き込まなかった一手が天才過ぎた。見えてたんだよな、この一枚が、鮮明な青写真として俺の脳裏に。

(やはり、おっぱい。おっぱいはすべてを解決する……ッ！)

「うおぉぉぉっ！」

「セヤァァァッ！」

シロウとラーミアが、戦線に割り込み、合戦を妨害する。

「なんのつもりだッ！」

「誰も、誰にも傷ついてほしくない。人を傷つけるために力をふるってほしくない。だから俺は戦う。守るために戦う！」

「偽善者がッ！　テメエのその半端な覚悟が、俺たちの夢を脅かしてんだよ！」

シロウに襲い掛かる凶刃を、ラーミアの大盾が弾く。

「ぐっ、なんなんだよ、なんなんだよお前ら！」

ラーミアの凄味《すごみ》に、男が圧倒されている。

攻撃権は男にあって、ラーミアは盾を構えているだけなのに、押されているのは男の方だ。

優位はラーミアが保っている。

「くそ、俺だって、本当はわかってんだよ。こんなやり方間違ってるって、でも、だからってあきらめきれるかよ！」

ラーミアは大盾で男の剣に負荷をかけ、そして砕いた。

「くそ、が」

大男の大きな手から柄《つか》が零れ落ちた。男は膝をつき、呆然《ぼうぜん》と、どこか遠くを見て、静かに涙を流した。

「行こう……、ラーミア」

「ああ」

シロウとラーミアが戦線を駆ける。駆け抜りる。さながら一陣の風だ。誰にも傷ついてほしくない。二人の願いはしかし、この場では異端だ。歓迎されない。

「っ、ラーミア、後ろだ！」

「なっ！」

不意を突く一撃か、はたまた流れ弾か。ラーミアの意識の外側から、不可避のタイミングで攻撃が迫る。

シロウが割り込もうと手を伸ばすが、間に合わない。ラーミアの防御も間に合わない。彼女の脳裏によぎったのは、濃密な死の予感。

「ボサっとしてんじゃねえ！」

それを裏切って、全く別の第三者がラーミアを抱えて飛び込んだ。攻撃が空振り、彼女は九死に一生を得る。

「お前は」

ラーミアを危機から救った男、それは先ほど、ラーミアが刃を砕いた男だった。

「勘違いするなよ。あんたのせいで、俺の夢は一から追いかけ直しだ。ならせめて、他の奴らを道連れにしてやろうと思っただけだ。お前らに感化されたわけじゃない」

「フッ、そうか」

「ああそうだ」

「では、ありがたく助力を受け入れよう。この戦いを、止めるぞ」

「当然」

シロウとラーミアの呼びかけが、少しの変化を呼び起こす。全員が全員ではない。むしろごく一部だが、それでも彼らに共感し、人命救助を優先する第三派閥が少しずつ勢力を拡大していた。

バングルの所有権が決定した人から戦線から抜けていくのもあり、次第にいさかいの規模は縮小していく。

「あ、あの！」

バングルを所有していた者が、シロウに声をかける。

「これを」

手首からバングルを外し、シロウに差し出す。

「オレは、自分が恥ずかしい。自分のことしか考えられなくて、人を傷つける言い訳を探して、自分を正当化して。きっと、オレなんかより、あなたみたいな人が冒険者になった方がいいんだ！　だから」

「そっか、じゃあ、先に行って待っててくれ」

「え？」

シロウがバングルを押し返し、防衛に意識を戻す。

「俺は一次試験で落ちるかもしれないけど、夢を諦めるつもりはない。来年こそ合格して、冒険者になってみせる」

シロウは迷いの無い笑顔で、答えた。

「だから、その時、いい先輩になっててくれよ。俺、楽しみにしてるからさ！」

二人のやり取りの最中にも、合格者は一人、また一人と決定されていく。彼の手に残ったバングルが、最後の一つになった。そのバングルも、いま、強く輝き出す。

「百人目の合格者が決定しました。これにて、一次予選を終了といたします」

「そんな」

シロウにバングルを渡そうとしていた受験生が、試験官に訴える。

「お願いだ！　オレは失格でもいい。だから、お願いします。あの人を合格にしてあげてください！」

「それはできません」

「どうして！」

「その必要が無いからです」

「必要ならある！　あの人は絶対、将来すごい冒険者になる。それが、わからないわけじゃないだろう」

必死の訴えには耳も貸さず、試験官は言葉を続ける。

「続いて、エクストラ通過者を発表します」

「へ？」

これまで仏頂面を貫いていた試験官が、相好を崩す。

「この試験は、冒険者としての素質を持つ者を選別するもの。その評価項目は身体能力や観察力、状況把握能力に推理力、多岐に渡ります。そして、中でも重要視していたのが」

柏手《かしわで》の乾いた音が、地下空間に響き渡る。

「そう、チームワーク力」

知ってた。

「冒険者とは戦いの渦中に身を投じる職業です。我々は常に精神の限界を試される。今回、合格者数に制限がある中で、手を取り合い、全員での生還を目指した――」

試験官がシロウやナッツ、ラーミアなどの受験生の名前を読み上げていく。

「以上十名を、エクストラ通過枠とし、二次試験の受験を許可します」

「なっ、ふざけるな！」

間髪入れずに反論したのは、もちろん、合格者の枠組みから零れた失格者だ。

「現実はそう甘くねえ！　戯《ざ》れ言《ごと》をほざく間に、全員が共倒れになる危険性だってある。そんなリスクを選ぶやつらが合格で、俺が失格なのは――」

「一つ、勘違いしているようですが、冒険者とは危険を冒す者」

「っ」

「大切なのは、生きて帰るために最善を尽くすこと。それが、あなたと彼らの決定的な差です」

「クッソオォオォ！」

冒険者試験一次試験、終了。
一一〇名を通過者とする。

【冒険者試験：海神】

一次試験が終わると、俺たちは埠頭倉庫から解放された。水平線には日が昇り始めていて、海面に反射してきらめいている。そんな中、見過ごせない違和感が目の前に広がっていた。埠頭にケージが百ほど並んでいて、その中で、イルカのような海洋生物が泳いだり、跳ねたり、こちらにアピールしてきている。

「一次試験合格者の皆さまおめでとうございます。これより二次試験の説明を行います」

試験官が袖をまくると、手首にバングルが装着されていた。俺たちが一次試験で奪い合ったものと同種だ。

「皆さまの手首についておりますこの水晶球をケージにかざしますと、この通り、海洋生物であるドルファーリムの胴に巻き付けた拘束具が外れます。皆さまにはドルファーリムを駆り、あの離れ小島まで移動していただきます。制限時間は、日輪が水平線を昇り切るまで」

受験生の一人が手を上げた。

「質問いいっすか？」

「ダメです。二次試験開始ィ！」

「マジかよ！　くそォ！」

埠頭にケージが並んでいるということは、埠頭倉庫目の前のドルファーリムもいれば、かなり距離のあるドルファーリムもいるということだ。

日は既に昇り始めだ。時間の猶予はわずかしかない。だから、受験生は一斉にスタートダッシュを切ると、我先にと近場のドルファーリムへ駆け寄った。

「へへっ、一番乗り」

最短距離のケージに着いたのは、初動が早く、足も速かった受験生だ。彼がケージにバングルの水晶をかざすと、ケージが反応し、扉が開かれた。

扉が開かれて、ドルファーリムは逃げ出した。

「……は?」

突然の出来事に、男は間の抜けた疑問を声に乗せて零した。だが、さすがに一次試験を潜《くぐ》り抜《ぬ》けた者と言うべきか、すぐに思考を再開し、隣のケージに移動する。

「そうかよ。ここにいる全部が友好的とは限らないんだな、次だ。あ、あれ。なんで反応しない」

男がケージに水晶をかざすが、水晶もケージもうんともすんとも言わない。

「うわっぷ、何しやがる!」

ドルファーリムが男に水鉄砲をかけて、ケラケラと笑っている。

「言い忘れましたが、一つの水晶球で開門できるケージは一つまでです。皆さま、よくお考えの上ご選択くださいませ」

「ハァ？　んなのアリかよ！」

さすがにその後は冒険者側も慎重になり、すぐさまケージを開くのを止める。ドルファーリムの様子をうかがい、友好的な個体、向かいの島までつれて行ってくれる個体を、目を皿にして探している。

「よし、決めた！　こいつは俺に気がある。なんたって手を振ってくれてるからな、君に決めた！」

ドルファーリムはすぐさま逃げ出した。

「くそォ、なんでだよォ！」

そういう生き物だからだ。ドルファーリムは好奇心が旺盛な生き物で、罠を仕掛ければ簡単に捕まえられる。そこで彼らは、とある技能を生存戦略として体得した。その技能こそ、あざとさ、である。

ドルファーリムは捕まると、かわいさをアピールする。かわいさに気を許して油断すれば最後、あっという間に逃げ出す。そういう習性があるんだ。

「師匠、師匠！」

ササリスがいつの間にかそばを離れていて、一匹のドルファーリムの前にかがんでいる。

「見て見て、この子面白いんだ」

ササリスがドルファーリムを指さしているが、正直俺にはほかの個体との違いがわからない。というか、ここにいるドルファーリムの中に、無条件でつれて行ってくれるやつはいない。

（この試験で重要なのは、ドルファーリムと心を通わせられるかどうか）

友好的なドルファーリムを見つけるのではなく、仲良くなったドルファーリムにつれて行ってもらう。それが正攻法だ。

「ほら、この状態だとなんでもないいんだけど、銀貨を見せてあげると、ね？　くるくる回るの！」

俺は頭を抱えた。なんだかササリスが二匹になった気がした。

「なんかこの子、あたしに似てる気がする！」

冗談だろ、一匹だけでも手に負えないのに、もう一匹増えるのか？　やめてくれ。

「よぉし、行くよ、とと丸！　あたしたちが一番乗りだーっ！　ひゃっふー！」

ササリスが水晶球をかざすと、とと丸はササリスを乗せて遠洋へと旅だっていった。あいつ、マジでこの短時間で攻略しやがった。まわりの受験生たちがざわめいていた。ちょっとうらやましい。

「俺も動くか」

どいつにしようかな。

「……」

「……」

目が合った。凄く愛想が悪いドルファーリムと目が合った。おでこから頬にかけて、まぶたを横切るように一本の傷跡が入ったドルファーリムだ。

一つ聞きたいんだけど、海洋生物なのに、お前どうやって目に傷を負ったの？

「ᚨ《アンサズ》」

ᚨ《アンサズ》は、意志の共有を意味するルーンだ。お前の真意が知りたい。何があったのかを教えてくれ。

『目の傷って、カッコいいだろ』

『わかる』

『あんたのフードもなかなかイカしてるぜ。得体のしれない実力者って雰囲気が出てる』

採用！　君に決めた！

愛想の悪いドルファーリムはヒレでバシャバシャと水面を叩きやる気を見せた。

いっけー、俺のベストパートナー！


目に傷跡のあるドルファーリムを駆り、離れ小島を目指す。速い。そこらのドルファーリムとは段違いだ。さてはお前も強キャラを目指して研鑽《けんさん》を積んできた口だな。気に入ったぜ、ベストフレンドフォーエバー。

「ん？」

海面を駆け抜ける俺たちを、海中の巨大な影が追い越していく。体長は目算で五十メートルを超えそうだ。こんなギミックあったか？

突如、俺たちの眼前に、直径十メートルを優に超える水柱が天に向かって噴き上げた。

「ッ、──《イサ》！」

停止の魔法で無理やり運動エネルギーを奪い、水柱への突入を回避した。迂回《うかい》しようと左右に首を振ると、俺たちの行く手を阻むように無数の水柱が噴き上がる。

なにこの嫌がらせ。

前方に立ち上がっていた水柱を押し上げるように、海面を持ち上げるように、海を割ってそいつが俺の前に現れる。

（え？）

俺たちの前に現れたのは、双翼を広げた巨大な翼竜のような生物。背中には藍色のヒレが無数に飛び出していて、表皮は鱗《うろこ》とも羽毛とも区別のつかない特殊な素材に覆われている。

「海神《わだつみ》、か」

え、海神？　海神なんで？　海を司《つかさど》る、神の中でも高位に当たる上位存在が、なぜこんなところに？

（あ、待って。そういえば鉄橋でラーミアと助けた船の操縦士、海の神様への奉納品がどうのって言ってたな）

ササリスは素通りできたじゃん。俺だけ妨害されるの納得いかねえ。

逆か？　俺が来るのを待っていたのか？　そう考えれば、水柱を立てて俺の行動範囲を制限したのにも納得がいく。

そうかそうか。俺の実力は神でさえ看過できないほどになっていたか。つまりこの展開は、いわゆる俺という実力者を他の冒険者に知らしめるための演出。古来、初登場のキャラに強キャラのインパクトを与える手法は、全員が共通して強キャラと認識しているキャラを一蹴することと相場が決まっている。

たとえばこんな感じ。

◇◇◇

激昂する海神が、その威を示さんとしていた。冒険者試験の試験官が、声を張り上げる。

「津波が来るッ！　全員、即刻高台へ避難するんだ！」

だが、避難しようにもその荒波はあまりに強大すぎた。すべてを海底へさらう。そんな強い意志を持って、津波は迫りくる。

「くっ、ダメだ、逃げ場なんてどこにも無い‼　もう、だめだ、おしまいだ！」

受験生の誰もが諦める中、海上で神と対面する男だけが悠然と立っている。指先に淡い光を灯し、虚空に一本の線を引く。

「シ、シロウ。あれって！」

「形は違う、けど、俺と同じ、ルーン魔法？」

——。朝焼けさえ眩《くら》む強烈な閃光が、目に映る景色を白く塗りつぶす。

目が慣れて、少しずつ世界が輪郭を取り戻す。そこに、迫りくる津波の脅威は無かった。代わりにあるのは、水平線まで凍り付いた異様な海。

「そん、な。いまのが、ルーン魔法、なのか？　俺とは、次元がまるで違う」

◇◇◇

（……なわけないよなぁ）

いまのは究極的に俺に都合がいい解釈だ。冷静に考えれば真相は見えてくる。

海神は太古の昔から存在する神。アルバスたち古代文明との抗争の時代も乗り越え、現代まで生きている。つまり、アルバスと当時敵対関係にあった仲だ。

そしていま、アルバスの封印は解けかけている。俺は過去に、アルバスと接触している。

（俺がアルバスの仲間である危険性を考えて、直々につぶしに来た。あるいはアルバスが俺に仇敵《きゅうてき》を討たせようと策を弄した。そう考える方が自然か）

倒すわけにはいかない。かと言って、黙ってやられるわけにもいかない。厄介だな。どう対処したものか。

「チッ」

海神が大きく息を吸い込んだ。翼竜に近い見た目通り、彼は肺呼吸の生き物だ。だが、長い年月海底深くで活動する。

だとするならば、その肺活量はいかほどか。

（駆け抜けろ、ベストフレンドフォーエバー！）

海神が息を吸うだけで、空間が歪んだ。だがそれも攻撃の予備動作に過ぎない。本当の脅威は、これからだ。

海神の、ただのブレスが襲い掛かる。

「【逆位相】ッ！」

衝撃波となって迫りくる圧縮された空気の大砲に、真逆の衝撃をぶつけることで相殺する。

（おおおお！　ゴリって減った！　魔力がゴリっと減った！）

間髪入れずに水柱。攻勢への転換さえ許されない。

「できればこの手は使いたくなかったんだがな」

この手、というのは━《イサ》を使った世界停止のことである。使いたくない理由は簡単。

（だって神を下す偉業を達成してもそれの目撃者がいないんじゃ語られないもんな）

しかし目の前の海神は強力で、そうも言ってられない。行くか、親父殿から受け継ぎしルーン魔法。

（ん？　どうしたベストフレンドフォーエバー）

朝からの長い付き合いの相棒が、背中で『俺に任せろ』と言っている気がした。策があるのか？

わかった、信じるぜ、俺はお前を。好きにしやがれ！

ベストフレンドフォーエバーが『やったるでぇ！』とやる気を出して、海面を駆り出した。そのまま、水柱に向かって突入していく。

「いっ」

息を止める覚悟すら、間に合わなかった。水の塊に勢いよく飛び込むのは、大地に突撃することと大差がない。全身が弾けるような衝撃が俺を蝕んだ。

海水に、目を瞑《つぶ》る。

苦しい、と感じたのは呼吸を止めていられるわずかな間だけのこと。すぐに全身が、あらゆる抑圧から解放された。何が起きたのか、一瞬理解できなかった。ゆっくりとまぶたを押し広げ、そして驚愕する。

（高ぇ！）

水柱を利用して、ベストフレンドフォーエバーは空を飛ぶ海神のさらに上空へと飛び跳ねていた。無論、それにまたがる俺もまた、位置関係の観点で海神を凌駕している。

（けど、ここからなら！）

ベストフレンドフォーエバーが背中を押してくれる。だから俺は翔《と》んだ、海神に向かって、手を伸ばした。

俺の魔法の射程は、リミッター有りの状態で十メートル。その圏内まで潜り込めればこっちのもんだ。

海神は一瞬、水柱から飛び出した俺たちに気づくのが遅れた。いまになって慌てて首をもたげるが、一手遅い。海神のブレスには、息を吸うという溜めが必要になる。

（俺のルーンは、お前のブレスより早い！）

刮目せよ。

「ᚨ《アンサズ》ッ！」

淡い青色の光が弾けて降り注ぐ。

あいまいになっていく、俺と海神の境界が、意思疎通のルーンを介して解けていく。だから、わかった。

やっぱり、海神はアルバスと敵対関係にあったんだ。そしていまなお、やつを封印する数少ない神として、深い海からこの世界を見守っている。

同時に、海神も俺の心の深い部分に触れているはずだ。だから伝わるはずだ。俺がアルバスと敵対関係にあることも、海神の敵が俺ではないことも。

「ぐるるるるぅ……」

俺たちを取り囲むように噴き上げていた水柱が、海へと還《かえ》っていく。海の神から放たれていた敵意が、目に見えて霧散していく。

あ。やべえ、着水のこと考えてなかった。また水に叩きつけられるのかよ。

うん？

自由落下を始めた俺の真下に、白い影が広がった。長い首に俺を乗せ、再び空へと舞い上がる。

お？　助けてくれたのか？　海神さんよ。

翼をはためかせて浮揚する海神と、一瞬だけ目が合った。それから海神はフッとニヒルな笑みを浮かべた。

「ギュラリュルゥゥゥウウアアアッ！」

ビリビリと、肌がしびれる咆哮《ほうこう》を海神が上げた。最初、海神の意図が俺にはわからなかった。

一拍置いて、遅れて理解がやってくる。

「ひ、ひぃぃぃっ！　まさか、海の神があの冒険者を主と認めたと言うのか！」

「くそ、あんなやべえやつがいる試験なんて受けてられるかよ。俺はリタイアさせてもらうぞ！」

「どうか、どうか命だけはっ！」

お、おお！　おおおお？

海神、いや海神様、あんたわかってるな？

しかしいったい、ダークヒーローのお約束なんてどこで。

いや、わかったぞ。ᚨ《アンサズ》で互いの感覚を共有した時に、俺のダークヒーロー観が海神様に感染したんだ！

それなんていう洗脳。だがいい。ふはは、すごいぞー、かっこいいぞー！　このままモブ受験生どもをいたずらに扇動しろ。言葉を発することなくモブをモブらしく駆り立ててこそ、悪のカリスマだ！

嫉妬気味にベストフレンドフォーエバーが飛び跳ねてきたので、海神様に別れを告げてサムズアップで送り出す。海神様は不敵に笑った気がした。

（うむ、こいつはいい悪友である）

またいいところで再登場してくれよな！

【冒険者試験：鏡像】

朝日が水平線を完全に昇り終える直前、ドルファーリムに乗ってやってくる三人組の男女がいた。シロウたち一行だ。

「ま、間に合った」

孤島の入り江でドルファーリムと別れて、砂浜にたどり着くや否や、力尽きたように倒れ込むシロウとナッツ。唯一元気そうなのは、騎士職のラーミアだ。彼女は先に島までたどり着いていた冒険者たちを一名一名素早く確認している。

（あ、やべ、目が合った）

マズい、いまはまだその時じゃない。シロウとのファーストコンタクトは決めてるんだ。だからラーミア、こっちに歩み寄ってこようとするな、止まれ！

「時間となりました。現時点をもって二次試験を終了、四二名を通過といたします」

試験官が話し始めたのでラーミアが足を止めた。おお、本当に俺の思念が現実化してるみたいだ。さすがラーミアだ。

そして、四二名か。

この港町にすらたどり着けなかった予選敗退者まで含めると、すでに志望者の一パーセントにまでふるい落としが完了したことになる。

「三次試験の説明をする前に、これから改めて皆様の覚悟を確認させていただきます。これから行われる試験は非常に実践的で、死亡率が跳ね上がります。命が惜しい方はここでリタイアをお勧めいたします」

冒険者試験は非常に難度の高い狭き門だ。三次試験まで生き残ったというだけでも、傭兵《ようへい》稼業などをする際にはそれなりの実績にカウントできる。

だが、リタイアしようとする者は誰もいなかった。

「よろしい。それではこれより、三次試験を開始いたします」

浜辺から少し内部へ向かった、林の中に、円形に敷き詰められた石畳がある。試験官は俺たちをその中心付近に立つよう指示すると、自らはその外周にあるごてごてした装置の前に立ち、手をついた。

瞬間、俺たちの足元にあった石畳が、音を立てて崩落した。上昇気流にあおられたかのように、肌にまとわりつく大気の質が変容する。

「なっ、おいこれってまさか！」

「ダンジョンかよ！」

試験官が横柄にうなずく。

「三次試験はダンジョンからの生還です」

ダンジョンとは、地上の何倍も濃い魔力が満ちた迷宮のことである。内部の生態系は地上とは独立していて、遥かに危険な環境を構築している。

「期限は三日。皆さま、ご武運を」

「おい、試験官テメエ、ふざけんな！」

「悪態ついてる場合か！　着地に気を付けろ、死ぬぞ！」

「クッソォォォォ！」

落下の衝撃で、数人が負傷した。

「えい」

ササリスが落ちてきた穴に向かって糸魔法を飛ばす。おい、ズルをしようとするな。

「きゃっ」

ササリスが糸を引っ張って地上へ向かって数メートル浮上したところで、紫電が彼女の体を打ち抜いた。と思ったらすんでのところで超純水を生成して防いでいた。器用だな。

「むう」

しばらくササリスは超純水で雷を防ぎ続けていたが、やがて諦めたように降りてきた。

「師匠、なにここ。上に登ろうとするとバチバチするんだけど」

降りてくる時は何もなかったのに、とササリスがささくれる。

一方通過のダンジョン。奥に向かう分には問題無いが、引き返そうとすると妨害を受ける タイプのダンジョンだ。ここの妨害は雷。上昇をトリガーに強い電荷が掛かり、体に向かって雷が落ちる仕組みだ。

「逆流防止弁みたいな？」

そうそう。それと同じで、奥へ向かっていくと地上に出れる場所があるのだ。

「あ、待ってよ師匠！」

歩き始めた俺のすぐ後ろをササリスがぴょこぴょこと付いてくる。

「ねえ師匠、ねえってば」

ササリスが俺の袖を引く。なに。

「師匠の魔法で雷を無効化したらあそこから出られるんじゃない？」

「……」

はーっ、わかってないわぁ。いいかササリス、覚えておけ。物事にはな、情緒ってものがあるんだよ。別に、原作にとらわれすぎでその方法を思いつかなかったわけじゃないからな！

本当だからな！

（まあ、思いついたとして、どうせ実行しなかったわけだけど）

正攻法でクリアしたい理由が、もう一つあるからだ。

（シロウの見せ場はつくった。俺の実力は邪神様相手に見せつけた。死闘を繰り広げるならここだ、このタイミングしかない）

俺にとってこの迷宮から抜け出すことなんて二の次。やっぱ三の次。三次試験で俺のするべきことは明白だ。

一つ、ササリスをまくこと。

二つ、シロウに膝をつかせること。

さて、目標達成に向かってどう動くべきか。

「師匠、見て見て！」

今度はなんだ。

「あたしの偽物がいる！」

「騙されないで師匠、本物はあたしよ！」

げぇっ、ササリスが増えた。

「……ササリス、ちょっと前にスライム見かけなかったか？」

「見た見た！」

「ならお前が本物だ」

ドヤ顔をするササリスにグーチョップ。

「痛いっ！　なんで本物って言いながら叩くの？」

叩かなかった方のササリスが「マジかよ」って感じでドン引きしながらドロドロに溶けていく。ドッペルスライム——人の姿を模倣して化けるタイプの魔物だ。

こいつが原作だとなかなか厄介な魔物で、模倣対象のＨＰ《ヒットポイント》以外のパラメータをコピーするっていう特性がある。ナッツをコピーされた場合はラーミアの物理攻撃で、ラーミアをコピーされた場合はナッツやシロウの魔法で攻撃、という、戦略的立ち回りが必要になる初めての相手だったりする。

ちなみに一番楽なのはシロウをコピーされた場合。ドッペルスライムが模倣できるのは基本五属性と呼ばれる地水火風空の魔法だけで、別系統に分類されるルーン魔法しか使えないシロウをコピーすると置物と化すからだ。

「師匠、師匠！」

今度は何。

「テイクツー！　次はさっきみたいにいかないよ！」

「どっちが本物のあたしでしょうか！」

うるせえ。一人ですら厄介なササリスが二人。なんだかんだ魔法耐性も高いラーミアをコピーされたときより辛《つら》い。泣きそう。

何がしたいかはわかった。俺が、本物そっくりのスライムと本物のササリスを見分けられるかを、胸を躍らせて楽しみにしているのだ。

（そう言えば、前世でも「水属性の使い手さん、めんどくさい性格しかいない」なんてスレが立つくらいだったっけ）

公式が言及したわけではなく、あくまで考察ネタだが、どうやらササリスもその例に洩《も》れないらしい。本当に残念ながら。

「ササリス」

俺は一番安い効果を取り出すと、コイントスの要領で上に弾いた。

「コインだーっ！」

目の色を変えた方のササリスが、上方へ向かって邁進《まいしん》するコインに糸魔法を伸ばす。

バチンッ！

「あいだっ！」

ササリスが反射的に腕をひっこめた。

だから、一方通過のダンジョンだって言ってるだろ。強力な電荷を帯びるのはコインも同じ。糸を伸ばせばそりゃ静電気が走るって。

「うぅっ、師匠がいじめる……あはァ、これが、愛の鞭」

無知って怖いな。

身もだえるように体をくねらせるな。

(ん、待てよ？)

俺はどうやってササリスをまくかばかり考えていたけれど、ドッペルスライムを身代わりにすれば、置き去りにする選択肢も出てくるんじゃないか？

つまり作戦はこうだ。

ドッペルスライムに俺をコピーさせる。どうにかしてドッペルスライムの方を本物の俺だとササリスに刷り込む。自由時間ができる。ササリスの妨害が入らなくなったタイミングで、満を持してシロウと激戦を繰り広げる。

これだ！

おら、ドッペルスライム、次は俺をコピーしろ。コピーするまでキックし続けるからな。体力が底をつきそうになったら回復魔法をかけてやる。さっさとコピーしろ。よし、コピーしたな。それでいい。

「ふっふっふ。意趣返しのつもり？　あたしが何年師匠の弟子をやってると思ってるんだい。あたしが師匠を見間違えるわけないでしょ」

く、ここだ。この作戦で一番の鬼門はここだ。どうやってササリスに真贋《しんがん》を見誤らせるか。

究極的に、これができるかどうかにかかっている。

（いいかドッペルスライム、よく聞け。お前の次のセリフは「ササリス愛している」だ。ほら
さっさと言え）

ドッペルスライムは目を見開いてぶんぶんと首を振った。

（言わなきゃここで殺すぞ）

「ササリス、あ、あい、あいして、愛してる」

なんか、ごめんな。そんなに言うの嫌だったんだな。気持ちはわからなくもない。

(ダメだこりゃ。さすがにこの演技でササリスを騙せるわけが……)

「わー、こっちが本物の師匠だ！　えへへー」

騙せたわ。というより、偽物だってわかったうえでシチュエーションに満足してくれてる。

よしスライム、お前ササリスの足止め役な。

◆◇

ナッツが一息ついたのは、三次試験スタート地点で、負傷した受験生のケガを癒《いや》し終えてからだ。

「ありがとう、助かったよ」

「そ、そんな、わたし、これくらいしか取り柄がないし」

ミディアムボブの毛先を指先でいじりながら、ナッツは視線をそらした。そらした先で、幼馴染の楽しそうな顔が目に入る。

彼の話し相手は、ずっとナッツだった。だけどいま、彼の隣にいるのは彼女ではない。ラーミアという、騎士職の女性がシロウのそばにいる様を、一歩引いた場所から見ている。

「つまり、ダンジョンには無数の罠が仕掛けられているが、誰がいつどうやって仕掛けているか未《いま》だに謎なんだ」

「へえ。ラーミアは物知りだな！」

「師に恵まれただけだ。シロウならすぐに名のある冒険者になれるさ」

「へへ、そうかな」

ナッツの胸がズキリと痛んだ。どうしてかはわからない。ヒールをかけても治らない。ただ、幼馴染が誰かと仲良くしているのを見ていると、自分が嫌いになる。

(わたしのほうが、先だったのに)

危なっかしいシロウのことを、ナッツは弟のように思っていた。「わたしが守らなきゃ」と思っていたのだ。だが、故郷を離れ、見る見るうちに成長していくシロウを見るたび、胸が不安でいっぱいになる。バケツ一杯に溜めた水に墨汁を垂れ流したように、嫌な気持ちでいっぱいになる。

(いなくなったり、しない、よね)

底冷えする空気が足元を通り過ぎる。背中からぞわりと肌が粟立ち、うなじへと悪寒が迫る。

『——本当に?』

「っ!」

冷たい手を肩に置かれたような気がして、ナッツはびくりと体を震わせて振り返った。先ほどまでヒールをかけていた受験生が、面食らった様子で口を開けている。

「おーい、ナッツ!　俺たちも奥に行こうぜ!」

シロウが笑顔で彼女に手を振ると、胸が温かくなった。先ほどまでの嫌な予感は無くなっていた。

(気のせい、だよね)

ナッツは不安を振り払うようにぺちぺちと頬を叩き、笑顔を作った。

シロウとラーミアと一緒に、ナッツが迷宮を進んでいくと、真っ赤な、ゲル状の魔物が現れた。スライムだ。

(よーし！　わたしだって戦えるってとこ、見せてあげるんだから！)

意気込み、ナッツが手のひらに魔力を集める。

「ファイアボール！」

握りこぶし程度の火球が勢いよく飛んでいく。器用に制御された魔法はスライムに直撃して爆ぜた。

「やったぁ！」

「まだだ」

「え？」

作りかけた握りこぶしをほどいて、ナッツが声を零す。

(うそ、効いてない？)

確かに火球が直撃したはずだった。しかしスライムは何事も無かったかのようにぷるぷる震えるばかりだ。

「赤い色のスライムは、火属性に耐性があるんだ」

ラーミアのランスの穂先がぬぷりとスライムを刺し貫いた。スライムは品の無い悲鳴を上げて、ドロドロに溶けて消えた。

「やっぱりすごいよなぁラーミアは。魔物のことも詳しいんだ」

「大したことじゃない。知識は学べば身につくことだ」

「それがすごいんだよ。俺たちは田舎者だから本もあんまりなくって、な？　ナッツ」

「えっ、あ、うん！　本当に、困っちゃうよねー」

たははと発した笑い声に、体のどこかが渇いた。

（わたし、空回ってばっかりだ）

こんなはずじゃなかったのに。

『そうだね。君の言う通りだ』

ナッツが足を止めた。

（気のせいなんかじゃない！　やっぱり、誰かいる！）

前後左右に視線を振って、声の主を探す。しかし影も形も見当たらない。

『あはは、大丈夫。ボクは味方だよ、君の、たった一人のね』

（誰、なの？）

『アルバス。君と同じはみ出し者さ。ボクの場合は、歴史から嫌われてるけどね、あはは』

アルバスと名乗った影無き声は、『ボクたち、きっと仲良くなれると思うんだ』と調子のいいことを口にした。

『あは、見てよ、えーと』
(ナッツ)
『そうそう、ナッツ。ほら、あの岩壁の向こう、珍しい花が咲いていると思わないかい？』

声の主が指さした。姿も見えないのに、ナッツはそう思った。感じたままに視線をやると、そこに、宝石のように透き通った、薄明の中でも輝く花が咲いている。

(キレイ……)

『そうだろう？　あんなに珍しい花をプレゼントされたら、彼も喜ぶんじゃないかな？』

ナッツは思い描いた。その花をプレゼントした時の幼馴染の反応を想像した。シロウは好奇心が旺盛だ。未知を愛している。見たこともない花を、喜んで受け取ってくれる未来が容易に想像できた。

『うん、うん。ほら、すぐそこだよ。さあ、手を伸ばすんだ。彼の喜ぶ顔が見たいだろう？』

声に導かれるように、ナッツは、花に魅入られたようにふらふらと歩を進める。

「ナッツ？」

どこかで誰かが彼女の名前を呼んだ気がした。だが、いまはそれどころではなかった。

(花、プレゼントしなきゃ、シロウに、喜んでほしいから)

忘我の行進。あと少し。あと少しで手が届く。

「しまった、止まれ、ナッツ！」

言葉は聞こえているのに、頭が意味を理解してくれない。

「それは、花に擬態する、魔物だッ！」

「え？」

水をかけられたかのように、意識が覚醒する。

（なんで！　いつのまに？）

寝ていたつもりはない。だが、意識が半分飛んでいた。そして気づいたときには、足元から植物のツルのような水晶が伸びてきていた。イバラの鞭のように、苦痛を与えるために最適化された形状の水晶だ。

「ぃガァっ！」

「ナッツ！」

ツルに生えたトゲが、彼女の柔らかな肌を切りつける。ミシミシと音を立て、巻き付くツルがナッツを締め付ける。いや、骨ごとへし折ろうとしている。

「うおぉぉ、ナッツを放せ！　ケナ――」

「よせ！　ナッツごと焼き払う気か！」

「でも！」

（痛い、痛い痛い痛い）

声にならない声で、ナッツが叫ぶ。

（助けてよ、シロウ！）

◇◆

さて、どこでシロウと戦おうかな。どんな理由で戦おうかなと考えながらダンジョン内を探索していると、奇妙な光景が俺の目に飛び込んできた。

（なんだ、これ）

俺は寡聞にして、天井から生える植物というものを知らない。ましてその材質が水晶となればなおさらだ。

ふむ。水晶がいくらで売れるかわからないけれど、持ち帰る利点は十分にある。というのも、俺がシロウとの激闘を制するころには、ササリスの機嫌が悪くなっている危険性があるからだ。その時、この手の金目の物をプレゼントできると気をよくしてくれる可能性がある。金を握らせておけば、ササリスはある程度のことを水に流してくれる。これは彼女の取扱説明書の一ページ目に記載されていることだ。よし。

「【採掘】」

ボロボロと天井が崩れ始めたけど、まあなんとでもなるやろ。よし。後はこの水晶を適当にカットして持ち帰るだけ。簡単なお仕事だったな。

（ん？）

崩落する天井と一緒に落ちてきたのは、俺の全く想像していない魔物だった。全身が水晶のような鉱石でできていて、細い触手のようなツルを四方八方に広げる、タコのような魔物。その頭部と思《おぼ》しき場所には、一輪の花が咲いている。

いや、まあ、見たこと無い魔物が降ってきたことは譲るよ、百歩くらい。うん、でもちょっと待て。その、植物とも鉱物とも動物とも例えがたい魔物のツルに巻き付かれている一人の少女。お前は想定外だ。

(オォイ！　なんでナッツが降ってくるんだよ！)

シロウは何やってるんだ！

ナッツは原作では影が薄いとさんざん言われていた幼馴染ポジションのヒロインではあるが、これで作中では重要な役割を担っている。それは、シロウの精神的支柱だ。

シロウがどれだけ絶望的な状況でも立ち上がれるのは、究極的に言えばナッツが支えてくれるからだ。どんなに絶望的な状況でもナッツに火の玉が迫ればシロウは新たな力に覚醒し、逆転する。そこに俺たちプレイヤーはカタルシスを覚えるのだ。

それなのに、

「アッ、ぐ、ガ」

なんで、こんな絶体絶命な状況になってるんですかね。

(逆に考えるか。実はこれ、チャンスなのでは)

シロウと対決するにあたり、必要な事前準備がある。それは、戦う理由の設定だ。たとえばの話だが、俺からシロウに「戦え」といきなり斬りかかっても、シロウからすれば「なんで？」でしかないだろう。それでは盛り上がりに欠ける。

状況設定は大切だ。世の中のダークヒーローは、その辺のことをきちんと考えて立ちまわってるのがすごい。俺だってそうする。

たとえばナッツを連れ歩いておき、シロウが合流するタイミングを見計らって昏倒《こんとう》させる。するとシロウは「大切な幼馴染を傷つけられた」。だから「守るために戦う」という理由付けができる。

これだ。

待っていろナッツ、いま助けてやるからな！

「──《イサ》」

指先で描いた縦棒から、絶対零度の冷気が放たれる。しかしその冷気はナッツを器用に避け、花に擬態する魔物の息の根だけを止めた。この手の魔物の弱点は、どうせ頭部に生えた一輪の花だろ。ササリス用に水晶を加工するのも面倒だしな。この水晶の花だけ手折って、あとは捨てていこう。

「う、うぅ。シ、ロウ？」

ナッツに絡みついたツタを文字魔法で切り捨てていると、朦朧《もうろう》とした様子で彼女が俺の顔を見上げた。

「ち、がう。シロウじゃ、ない。あなたはいったい、誰、なの？」

俺か？　そうだな。

お前たちの英雄と真逆の思想と信念をもって、その覚悟の強さを問いかけるダークヒーロー。たとえるなら、劇場版限定の悪役、ってとこだ。覚えておけ。

「すぅ……すぅ」

聞いてねえ、クソが！

おら、起きろ。いま大事なシーンだっただろ！

喰《く》らえ、俺の必殺、平手打ち！

「ひゃんっ！　え、え、なに、なに？」

ナッツはキョロキョロとあたりを見回して、氷漬けになった魔物を見つけた。

「ここは。そうだ、わたし、花の魔物に襲われて」

言われて気づく。イバラのツタで彼女の肌は傷だらけだ。特に、ほっぺたにできた赤い痕が痛々しい。この傷は他の裂傷と違い、鞭打たれたように腫れている。何者かに平手打ちを食らわされたに違いない。かわいそうに。【平癒】。

「うそ。傷が、治っていく」

関節をねじりながら、体中をくまなく調べるナッツ。鋭いイバラが衣服を裂いた痕は残っているのに、彼女の肌には傷一つ無ぃ。

「助けてくれたの？」

ほっぺたをさすりながらナッツが聞いてくる。

一番痛かったの俺の平手打ちなのね、ごめんて。

（ナッツを連れ歩くといってもな、どうやって同行させよう）

一人でいるのは危ない、俺から離れるな？　それなんて主人公だよ。違うだろォ？　違うだろ。俺が目指してるダークヒーローはそんなこと言わない。

（……釣るか）

鼻を鳴らすだけで何も言わずに立ち去る俺、かっけぇ。

「ま、待ってよ！　お願い、話を聞いて。仲間とはぐれちゃったの。あなた、二次試験であの神様と戦っていた人だよね？　シロウと同じルーン使いだよね、みんなと合流するまで一緒にいていい？」

勝利のガッツポーズを、内心で突き上げた。

フィッシュ！

俺の計画通りッ。思った通りに物事が運ぶと楽しい。誰といるときに予想外が起きるとは言わないけれど。

「ねえ、ねえってば」

後ろからついてくるナッツの気配。その背後に、また別の何かの気配がする。この感じは、スライムだ。ナッツの背後からにじり寄って来ている。

ちょうどいい、俺の格を見せつけるための礎となれ。

「え？」

振り返り、ルーンを描く。魔物と俺の線分上にはナッツがいる。彼女から見れば、自身に魔法の銃口を向けられたように見えるだろう。

「ᚦ《スリサズ》」

身を硬くして目を閉じるナッツを避けるように、青白い稲妻がスライムを襲う。轟《ごう》雷とともに、スライムの肉片が周囲に飛び散る。

「いま、わたし、また襲われそうになってた？」

恐るおそる目を開けたナッツが振り返り、焼け焦げた地面と飛び散るスライム片を見つけて、安堵《あんど》の息を吐く。

「ねえ待って、ねえってば！」

俺の後ろをナッツがひょこひょことついてくる。おかしい。威厳を示したはずなのに、畏怖を抱かせる予定だったのに、妙に懐かれてしまった。かわいい。

「もしかして、さっきの声もあなただったの？」

声？

そんなイベント、原作にあったっけ。

「やっとこっち向いてくれた！　で、どうなの？」

何の話だ。

「そっか、そうだよねっ。声の感じが全然違うもんねっ」

ナッツはなぜか上機嫌だった。

（声、か）

いや、まさかな。そんなはずないだろ。そう思いつつも、確かめておかずにはいられない。

俺の予想が正しければ、ナッツをこのまま放っておくわけにはいかない。

「【探知】」

魔法を発動すると同時に、俺を中心とした半径およそ十メートルの内側における情報量が過密になる。まともに処理しようとすれば脳が焼き切れかねない膨大な情報のほぼすべてを切り捨てて、必要な情報だけを拾い上げる。

やつの分霊が、ナッツに取り憑《つ》いていた。

「お前か、アルバス」

「なんのこと？」ナッツはきょとんと小首をかしげた。

「つまらない寸劇はよせ。どうして貴様がここにいる」

「だから、わからないよ！　なにを言ってるの？」

あくまでシラを切るつもりか。なめられたものだな。

「ᛋ《ソウェイル》」

このルーンが意味するのは光。大いなる闇さえ切り払う力強い陽光。

「うっ！」

ほら、さっさと逃げろよアルバス。また分体を一つ失うことになるぞ？

（ん？）

幼少期から鍛えた聴覚が、階上から駆け下りてくる足音を捉えた。人数は、二人。

「やめろぉぉぉぉぉっ！」

耳をつんざく怒声がダンジョン内に反響した、その直後。

「ナッツを放せぇぇぇぇっ！　ᚲ《ケナズ》ッ！」

真っ赤な炎が洞窟を照らす。赫灼《かくしゃく》たる明光が俺に迫りくる。

「ᛚ《ラグズ》」

ルーンを操り水の壁を繰り出して、炎のルーンを相殺する。

「大丈夫かナッツ！」

「う、うん！」

「よかった、本当に、よかった」

チィッ、なんていうタイミングで邪魔しやがる。

「どけ」

「断る！」

ちょっと待てよ？

最悪なタイミングだ、と思ったけど、実は最高のタイミングだったのでは？

俺が攻撃したのはアルバスだけど、シロウにはナッツが攻撃されているように見えたはず。

だから、初対面のはずの俺に対してこんなにも敵意をむき出しにしている。

おお、サンキューアルバス！　いい仕事をしてくれたぜお前は。まあ、それはそれとして、アルバスの分霊はここで滅ぼすがな。

一歩踏み出すと、妨害するように躍り出た人物が俺の目の前にいる。ラーミア・スケイラビリティ。クルセイダーを生業にしている女性だ。

「止まれ」

彼女は重心を落としてランスを構えると、ナッツを背に隠した。

「彼女に何をするつもりだ？」

秘密。なぜならそれを教えてしまうとシロウが戦ってくれなくなるから。

「答える義理は無い」

「ならば、私は貴様を止めるしかない」

突き出されるラーミアのランスに、クロスカウンターの要領で指先の魔力を走らせる。一直線のルーンが意味するところは、停止。

「ᛁ《イサ》」

「なっ」

ランスを突き出し、体が伸びきった状態で硬直したラーミアに、俺は悠然と近寄った。

「くっ、この先は通さん！」

ランスから手を放し、ラーミアが大盾を構える。

「邪魔だ」

片足を上げて、くるぶしにᚢ《ウルズ》のルーンを刻む。力を意味するその文字の力を解放し、ラーミアが構えた大盾に向かって思い切り蹴りを叩きつける。

「ぐぁっ！」

重厚な金属盾に身を隠した彼女の体が、ふわりと宙に舞いあがった。後ろにかばっていたナッツのすぐわきを、ラーミアが足裏で轍《わだち》を描きながら十メートルほど後退する。

「また、また、俺の知らないルーンだ」

一連の戦いを見ていたシロウが声を震わせる。

（お前この時点でᚲ《ケナズ》しか知らないだろ）

そりゃ大体のルーンが初見になるでしょ。ま、だからこそ、この会場を激戦の場に選んだってのはあるけどな。

実はこのダンジョンにあふれる雷のエネルギーの源は、ルーンの紋章によるものである。その文字とはᚦ《スリサズ》。雷を意味するルーンの残滓《ざんし》が、ダンジョンに帯電しているのだ。

強敵と、とりわけいまのままだと勝てない相手と戦うしかないとき、新しい力に覚醒するのは主人公の特権だ。

そもそも、強敵が出てくるのは新しく手に入れた力の強さをわかりやすく演出するため、という側面がストーリーには存在する。だから、強敵の予定で作ったはずのキャラが、作中での戦績を数えるとボロボロだったり、販促の関係で負けが続いたりしている。

だが、俺はそんなお約束を気にするつもりはない。来い、シロウ、限界を超えて。俺はその上で貴様の前に立ちはだかってやる。

ナッツをかばっていたラーミアはさきほどの蹴撃でずいぶん遠くへ吹き飛んだ。幼馴染を守れるのはシロウ、お前だけだぞ。守ってみせろよ、お前が言う、「人を守るためのルーン魔法」とやらで。

「わたしだって、戦えるんだから！」

シロウの方へと意識を向けた隙を縫って、ナッツが煌々《こうこう》ときらめく灼熱《しゃくねつ》を掴んだ拳を俺に向けていた。

（やっべ、この技ってもしかして！）

炎属性の魔法の爆発力を、光エネルギーと音エネルギーに集約した目くらまし。

「フラッシュボム！」

ですよねぇぇぇ！

視界と聴覚がやられたか。まあいい、やつらは五感の中でも最弱。最弱が二つとは、こはいかに？　まあいいや、最弱ってことにしておこう。

だってほら。

（狙いは俺の感覚遮断と、その隙を突いたシロウのルーン魔法だな！）

読めてんだよ、お前らの手の内なんざ。皮膚感覚と直感さえあれば十分だ。狙いが透けて見えるぜ。この程度で俺の想定を上回ったつもりか？

背後に感じる魔力が昂《たか》ぶっている。背中をチリチリと焼くような炎熱は間違いなくᚲ《ケナズ》のそれだ。だったら、対応策などいくらでもある。

「ᛚ《ラグズ》」

背後から迫りくる炎をシャットアウトする防火扉のように水のルーンを展開しようとして、やめた。より正確に言うなら、俺を中心に卵型で展開することを選んだ。直後、その水膜を上から下へと、何かが目覚ましい勢いで駆け下りていく。

落雷？　シロウが発動したのは間違いなく炎のルーンだった。だったら、いったいどうやって。

とにかく、やつらの攻撃は防いだ。次は回復を優先しよう。

「ᛚ《ラグズ》」

水を意味するこのルーンには、生命力の意味も含まれている。一時的に損なわれた視力も聴力も、ルーン魔法があればすぐさま回復可能だ。

「なん、だと。無傷、だと？」

確信した勝利が蜃気楼《しんきろう》のように溶けていく。そんな驚愕を含んだ硬い声音でラーミアが言う。

やっぱ最高っすわ、ラーミア。悪役の立て方がわかってる。

「終わりか？　フッ」

空から遅れて降ってきた影を片手でつかむ。投げに特化した槍《やり》、投槍《ジャベリン》だった。

（なるほど、あの落雷はラーミアの攻撃だったか）

仕組みとしては、俺がササリスにお仕置きした、トスしたコインから糸に向かって伸びる電気と同じだ。このダンジョンには、上方へ向かって移動する物体に電荷が掛かる性質がある。

その特性を利用したんだ。

シロウのᚲ《ケナズ》さえ囮《おとり》。俺の頭上へ投げ込まれたラーミアのジャベリンから降る一撃こそが本命。背面への防御を俺に意識させ、頭上から光速の雷撃を落とす。それが彼女らの作戦だったのだ。

（ᛚ《ラグズ》の水膜を、俺を囲う形で展開して正解だったな）

俺にはササリスのように、電気を通さない水を生成するのは無理だ。どうやっても、空気を通るレベルの電気を妨げられない。

それは言い換えれば、俺の水は空気よりも電気が通りやすいということ。ならば俺を避ける形で地面まで広げてやればいい。電気はそれに従って逃げるのだから。車で走行中に雷が落ちても、中の人が感電死しないのと同じだ。

(き、気持ちいいっ！　戦力に劣る相手が尽くした智略《ちりゃく》と死力を、圧倒的力でねじ伏せるのはたまらないぜ！)

ま、この高揚を表に出すつもりは無いがな。

「お前は、つまらないな」

「くっ、く《ケナズ》！」

シロウが再び炎のルーンを使う。

「く《ケナズ》」

「なっ、俺のルーンとそっくりだ！」

そっくりと言うか、同じだしな。文字の形だけはな。

「があぁっ？」

使い手が違えばルーン魔法の威力が変わる。同じだと思っているとそうなる。

「シロウ！」

ナッツが名前を呼ぶ。シロウは苦痛の声を洩らしている。

「どういうことだ。シロウの方が先に書き始めた。それなのに、後から書き始めたあいつの魔法が先に発動しただと？」

さすがラーミアだ。いいところに目を付ける。魔法の展開速度は、俺が克服した弱点の一つ。つまり、克服していないシロウと俺の決定的な違いだ。

「なんでだ」

ボロボロになりながらも立ち上がり、シロウが吠える。

「お前は、すごい魔法が使えるのに、どうして人を傷つけるために使うんだ！　ルーン魔法は、人を助けるためにだって使えるのに」

「人を、守るためのルーン？　ハッ。だとしたら、貴様にルーン使いを名乗る資格はない」

上階から花の魔物と一緒にナッツが落ちてきたときも、それからシロウたちが合流するまでの間も、彼はナッツを危険にさらし続けていた。

それに、ナッツにはいま、諸悪の根源が取り憑いている。

この状況にあって、シロウはなお幼馴染を危険にさらし続けている。というのを、やんわり伝えてみる。

「どういうことだ！」

まあ、伝わることは期待していなかったが。

「貴様ごときがルーンの継承者を名乗るのは烏滸がましいと言っているんだ。最強の力を受け継ぎながら、これまで何をしていた。どう生きてくれば、そのような貧弱な魔法をルーン魔法などと言い張れる」

身の程を知れ。

「貴様の甘さには、虫唾《むしず》が走る」

シロウと、彼に寄り添うナッツに向けて指先を構える。

「待て、何をする気だ」

シロウがナッツをかばうように前へ出る。そんな彼の袖をナッツがぎゅっと引き寄せている。身を寄せ合っている。

「やめろ」

その身に刻め。

「やめろぉぉぉぉぉぉっ！」

シロウの叫びが、ダンジョン内に響き渡った。断末魔にも似た悲鳴はしかし、同時に新たなる力の産声《うぶごえ》でもあった。

呼応する、洞窟そのものが、鳴動する。意志を持った生物がシロウに与《くみ》するように、彼の頭上に一等星のごとくきらめいている。半円と直線を融合させた形の紋章が、シロウの手の内へと収まる。

「この文字は、まさか」

目じりが張り裂けんばかりに目を見開いて、シロウがその紋章へと手を伸ばす。ぐっと力を込めて握りしめると、淡い光が弾けてシロウの体内へと吸い込まれていく。還るべき場所を、見つけたかのように。

「ルーン魔法は、人を、守るための力だ」

キッと俺をにらみ、シロウが指先を前方に掲げる。くしくも同じ構え。まるで鏡合わせ。

「俺は戦う」

新たな力を手にしたシロウが、限界を超えて、成長する。

「守るために戦う！　ルーンの力で、誰も傷つけさせない！　うおぉぉぉぉっ！」

その紋章の名は――

「ᚦ《スリサズ》ッ！」

シロウの指先から赤い稲妻がほとばしった。俺の狙い通りに。

（そうだ、それでいいシロウ。お前のᚦ《スリサズ》習得を劇的にするために、今日、この場所を選んだんだ）
Q．劇場版限定の悪役と対峙した主人公に求められることと言えば？　A．覚醒！
原作におけるᚦ《スリサズ》の習得は、もっと淡白だ。炎属性に耐性を持ったスライムの群れに襲われて、炎魔法主体のナッツやᚲ《ケナズ》しか覚えてないシロウ、全体攻撃が不得手なランス使いのラーミアがピンチに陥ることで覚醒する感じ。だけど、そのイベントを俺が塗りつぶしてやったわけだ！

なあ、シロウ。どうして、貴様に覚醒のチャンスを与えたと思う。新しい力を手に入れて逆転の目を見出《みいだ》したお前を、再び絶望の淵《ふち》へと叩き落とすためだ。

ᚦ《スリサズ》なら俺に勝てると思ったか？　思ったかもしれないな。これまでわざと、ᚦ《スリサズ》をお前の前で使ってこなかったからな。俺すら知らないルーン魔法だと思ったんだろう？

俺に、思考を誘導されたとも知らずに。

（だが、お前が手にした新たな力は、俺が十五年前には操っていた力に過ぎない）

魅せてやる、ルーン魔法の本当の力を。

「スリサ――」

「よっ」

裂帛《れっぱく》の気合を冷却するように、何の感慨もない声が響いた。瞬間、俺の眼前から、シロウの放った赤い閃光花火が消滅する。いや、より正確に表すならば、突如現れた水の壁に阻まれ進退窮まっている。

（いまの声、まさか）

いやな予感がする。

「ハズレ。偽物は偽物でも、ドッペルスライムじゃない方だったね」

（やっぱりササリスじゃないか！）

くそ、せっかくいいところだったのに。俺のルーンがシロウを絶望に叩き落とすところだったのに、邪魔すんじゃねえよ！

「そん、な」

とさりと軽い音を立てて、シロウが膝をつく。

まあいい（妥協）、まあいい（暗示）。

結果的に、新たに手にした力が敵に通用しなかったことに変わりない。シロウが絶望したなら、すべて俺の手のひらの上と言えなくもない。ことにしよう。

「一人でも手に負えないのに、こんなにたくさんいるなんて」

ん？　合流したのはササリスだけだよな……んん？　待て、誰だ、ササリスが引き連れてる無数の影は。いやちょっと待て、あのシルエット、既視感が強いぞ。

俺に扮《ふん》したドッペルスライムたちだった。

（お、お前えええええ！）

なんてことしてくれたんだ！

これじゃ量産型戦士とそれを引き連れる黒幕だよ、俺の格がササリスより下になっちまう。許せねえ！

「勝てない、こんなやつら相手に、どうやって戦えばいいんだ」

「騙されるなシロウ！　あれはドッペルスライム、人に擬態しているが、中身はただのスライムに過ぎん」

「スライム？」

「スライムはルーン魔法を使えない。本体以外は有象無象と切り捨てろ！」

お、おおおおお！

ラーミア、ナイスフォローだ！　そう、そうなんですよ！　俺とあいつらじゃ格が違うの。やっぱり一流だよなぁラーミアさんは。見る目が違うもんな。

「とはいえ」

ラーミアはササリスの方を見て浅くため息をついたあと、誇らしげに笑みを浮かべた。

「あの女性も、かなりの手練《てだ》れだ。私たちの勝ち目は完全に消滅したと認識しろ」

「そんな！」

「だから、シロウ」

ザッと大地を踏みしめて、ラーミアが俺の前へと立ちはだかる。

「お前たちは、先へ行け」

澄んだ瞳。覚悟を決めた騎士の勇気。目も眩むほど強烈な存在感をもって、ラーミアが言い放つ。

（かっけぇぇぇぇっ！　好き、ラーミア好き！）

彼我戦力の差は歴然。それでも、騎士には、恐れる自分を否定して、死線へと踏み込まねばいけない時がある。その時、必要なのは、極めて貴重な感情。その名は、勇気。彼女はそれに満ちていた。

「無茶だ、ラーミア！」

「かもしれないな。だが、まあ――」

シロウを庇《かば》うように、俺の前へと立ちはだかっていたラーミアが、口元に優しい笑みを浮かべて振り返り、シロウへと視線を送った。

「――時間稼ぎくらいはできる。その間に逃げろ」

彼女が別れを惜しんだのは瞬きする間の出来事。次に目を開けた時には、幽鬼のごとき視線が俺をにらんでいる。

「シロウ、走って！」

「だけどッ！」

逃げよう、そう主張するナッツ。

逃げるわけにはいかない。と、その場を動こうとしないシロウ。

「行けッ、早く！」

ラーミアが怒声を上げると、シロウは泣き出しそうな顔をしながら、がむしゃらに走り出した。ササリスはそれを妨害する気配がない。しいて関心を向けている人物がいるとすればラーミアか。やはりおっぱい。おっぱいの重力には何人も逆らえない。

「逃がすと思ったか」

「この先は通さん」

ᚢ《ウルズ》の文字を足に描き、地面を蹴り放つ俺を、ラーミアの盾が弾く。

「我が名は、ラーミア・スケイラビリティ」

思いの強さを力に換えて、気高き騎士が行く手を阻む。

「これより死力を尽くして、貴様をここで食い止める！」

気迫が肌を刺す。ビリビリと、指先から脳の芯まで震えるような武者震いが全身を駆け抜けていく。

（やっべぇ。ラーミアが好きすぎる）

こんなのかっこよすぎるだろ。惚《ほ》れるなって言うのが無理だ。

決めた。ここは「貴様はここで殺すには惜しい」と言って立ち去るパターンで行こう。特にリアクションの面でラーミアには序盤、中盤、終盤、隙なく立ち回ってもらいたいものである。

「フッ、貴様はここで殺すには惜しい」

「……貴様に戦う気が無いとしても、この道を譲るわけにはいかん。私には仲間を守る責務がある」

「戦友を見捨てて逃げる臆病者どもに興味など無い」

アルバスは、うん。隙を見て葬っておこう。いつになるかはわからないけれど、完全復活するまでに機会はあるはずだ。急ぐ必要は無い。

「その言葉を、私に信じろと？」

「簡単だろう。『一緒に戦う』の一言も言えない青二才の言葉を信じるより、ずっと」

「っ、黙れ」

「貴様も、心の内では望んでいたのではないか？　勝てないとわかって、それでも共に生きる道を模索してくれることを。逃げ出したやつらに、ほんの少しも失望していないと、心の底から言い切れるか」

ラーミアの瞳が緊縮した。もとから鋭い瞳が、三白眼のような凄味を帯びる。だが、言葉は後に続かない。

「貴様らが言う人の和など、しょせんその程度だ」

「黙れッ、外道が知った口を利くな！」

ラーミアは本当にいい反応返してくれるなあ。嫌悪とは言え、強い関心を向けてくれるの嬉しい。これだけでも今回シロウたちと激闘を繰り広げた甲斐はあったんじゃないか？

続きはまたやろう。それまで腕を磨いて待ってるんだな！

「さっきから黙って聞いてれば、好き勝手言ってくれるね」

おーい、ササリスさん？　帰るって言ってるよね？　……言ってなかったわ。いやそれくらい悟ってよ、何年一緒にいるの。言葉にしなくても心で通じ合えるくらいの年月が経《た》ってると思うの。そろそろ引き上げよ。ね？

「ぐっ、ふ、これは、まさか、糸か？」

「師匠が外道だ？　ふざけるな。彼はあたしの恩人だ。あたしだけじゃない。いったいどれだけの人が、彼に救われたと思う」

背中にだらだらと嫌な汗が噴き出した。

(急に恥ずかしい話をするな！)

まるで黒歴史を暴かれたみたいだ。穴があったら入りたい。あ、ダンジョンだったわここ、すでに穴の中だったわ。いやそんなこと言ってる場合じゃない！

このままだと後々都合が悪いことになる。

たとえばこんな感じ。

◇　◇　◇

晴れて冒険者試験に合格したシロウ、ナッツ、ラーミアの三人はしかし、顔色が優れなかった。

「シロウ、ナッツ。あの男は本当に、憎むべき外道だったと思うか？」

ラーミアの瞳が、左右に揺れる。

「わからないんだ。後から現れた女性は、多くの人があの男に救われたと言っていた。私が知っている彼も、スライムに襲われていた男を救っていた」

ラーミアはよく見れば、少し憔悴《しょうすい》していた。

冒険者試験中、ずっと思い悩んでいた。

それをひた隠しにし続けてきた。

「なあシロウ、ナッツ。我々は本当に、正しかったのだろうか」

本当に取り返しのつかない悪事に手を染めてしまったのは、誰だったのだろうか。

ラーミアの言葉に返せる者は、誰もいなかった。

◇◇◇

マズいですよ！

その手の、「実はいいやつ？」みたいな展開はお呼びじゃないんですよ。

劇場版限定のダークヒーローは媚《こ》びない、へつらわない、なびかない。倒す以外にどうしようもない絶対的な壁として立ちはだかるの。いいやつフラグは迷惑だから、やめて！

（やっべえ。ラーミアが「本当なのか？」って感じでこっち見てんだけど、どうしよう）

ここから、どうやってラーミアからの印象を外道に修正すればいいんだ……ッ！

ササリスが俺にとって絶望的な壁すぎて泣けてくる。お前、俺よりダークヒーローやってね？　違うだろ、違うだろぉ。

（落ち着け、俺はできる子。スーパーできる子。この程度のことでうううろたえるな）

相手は誰だ。あのラーミアだぞ。ここまでいい感じに俺の格を上げる言動を繰り返してくれてる騎士様だぞ。大丈夫だ、やれる。

「フッ」

使い勝手のいい使い捨ての手駒だ、って感じに嘲笑を浮かべてみる。

(さすがに、この笑みの意図を読み解くのは難しいか……？)

頼む、ラーミア。俺がこいつを都合のいいように利用していると深読みして、激昂してくれ！

「貴様ぁぁぁぁッ！」

ラーミアから叩きつけられた覇気が、俺の体を突き抜けた。指先から脳へと、びりびりと電流が走る。全身がしびれる。

(さすが、ラーミアだ……！)

まさかあの笑みから俺の伝えたい思いを完璧に読み取ってくれるなんて、お前、最高かよ……っ。

あ、待って。ミシミシいってる。ササリスの糸に縛られてるのに無理に動こうとするから、ラーミアの骨が砕けそうになってる。

お願い、ラーミア、それ以上無茶しないで！　さぞかし名のある騎士と見受けたが、なぜそのように荒ぶるのか。鎮まりたまえ！

「――うぉぉおぉぉぉ！」


洞窟の奥から、声が響いた。

変声期を終えた男子の声だ。

（この声、まさか！）

口から心臓が跳び出しそうになった。見えないシンパシーが、俺に確信を与える。

このダンジョンは垂直上向きに移動する分には反発されるが、水平方向への移動には寛容だ。同じフロアにいるなら道を引き返すこともできる。

「ラーミアを」

声に遅れて、影がやってくる。

見慣れたシルエットに、聞きなれた声。

「放せぇぇぇぇぇ！」

真っ赤な灼熱が、視界一杯に広がった。魔法の名はルーン魔法、描かれし紋章は<《ケナズ》。操りし男は、俺と瓜二つの、対極キャラ。俺が生涯をかけて立ちはだかるべき相手――

シロウ！

信じていたさ、お前の勇気を！

「ふぅん？」

ササリスはシロウの放った紅蓮《ぐれん》の炎《ほのお》が迫るのを、少しだけ感心を向けて眺めていた。だから、彼女は避けようとバックステップを取ろうとして、しかし動けなかった。

「あんたっ！　正気？」

「逃がしはしない、ここでともに灼熱に焼かれてくれ」

ラーミアが、彼女の身に巻き付いた糸を手繰り、逆にササリスを引き止めていた。ササリスが力技で引き抜こうとするが、ラーミアは地面を踏みぬき、頑として動かない。

「根競《こんくら》べなら、負けない」

「冗談じゃないよ！」

ラーミアが意固地に言えば、ササリスはたまらず、糸を伸ばして後退する。

それに合わせて、ラーミアは手繰り寄せていた分の糸を手放した。

「っ！」

拘束していた糸が弛《ゆる》み、ラーミアは隙を逃さずに抜け出した。ササリスが歯噛《はが》みする。

爆炎がラーミアとササリスの間を横切った。

「シロウ！」

ラーミアは引き返してきた少年をにらみつけ、激昂して彼を詰った。

「なぜ戻ってきた！」

横切る炎が寿命を迎えると、ダンジョンは薄闇に溶けていく。目に映る輪郭さえおぼろげな世界では、シロウの表情なんてわからない。

「わかんないよ、そんなの俺にも」

ᚲ《ケナズ》の炎熱の残り火が、肌をチリチリと焼いている。

「いまだって怖くて膝が震えてる、けど」

だけど、と。

シロウが強く、誤解の無いように否定をすると、薄闇の向こうから息吹が駆け抜けた。荒々しくも力強い、新時代を告げる新進気鋭の旋風だ。

「ここで逃げたら、俺は一生後悔する。そんな気がしたんだ」

その息吹の中心にいるのは間違いなく、先ほどまで戦力差に絶望を抱いていたシロウだ。

「だから、一緒に帰ろう、ラーミア」

「シロウ……」

彼の変容ぶりには、ラーミアも少し困惑気味だった。だけど、それは少しの間のことで、やがて彼女は笑った。

「背中は、預けたぞ。シロウ！」

「おう！」

あぁぁぁ、お前ら最高かよ。こんなのＣＧ不可避だろ。トキメキで俺の心臓が停止してしまう。

「一人増えたからなんだって言うんだい。互角にだってなりやしないよ」

ササリスが魔力糸を伸ばそうとした。

「一人じゃないよ、わたしもいる！」

そこへナッツも合流する。

全員大集合だ。

ラーミアと目が合った。

彼女は迷いが晴れたような笑顔を見せた。

「これが、貴様の笑った人の和だ」

感動的だな。これは逆転のフラグが成立したな。特殊演出が入るのは間違い無しだ。

……これが映画やアニメの世界だったならな。

その程度の友情で勝利を掴めるほど、俺という壁はもろくない。残念ながら。

「フッ」

俺自身の限界に挑むつもりで、指先へと魔力を集めた。超濃度に集められた魔力の影響が、大気に波及する。

「なんだよ、この禍々しい魔力」

「うそ、あれでいままで、目いっぱい手加減していたの？」

お前たちは知らないだろうが、俺はお前たちのことをよく知っている。本当に恐ろしいのは窮地に陥ってからこそだと知っている。

だからこそ、この時を待っていた。

「これが、こんなものが本当に、ルーン魔法なのか……？」

平時のお前たちを倒したところで、なんの自慢にもなりやしない。俺が倒したいのは限界を超えた先の、成長した主人公たちだ。

「一緒に、するなよ」

感謝しよう、俺に立ち向かってくれたことに。

敬意を示そう、限界を超えてくれたことに。

だから、全力をもって応えよう。お前たちの前に立ちはだかろう。絶望的な、壁として。

「俺の文字魔法は、ルーン魔法を凌駕する」

その身に刻め。

「【壊滅】」

――覇王の教義《ダークヒーローズ・ドグマ》。

文字魔法がさく裂した後には、倒れ伏すシロウ陣営の姿だけがあった。俺の文字魔法の間合いを熟知しているササリスだけが、圏外から、満身創痍《そうい》の主人公たちを無感動に見下している。

「待、て。待って、くれ」

シロウが弱々しい声を絞り出す。俺の歩みを止めるように懇願する。

「やめ、ろ。やめてくれ」

だが、俺は歩みを止めるつもりはない。意識を失い、倒れ伏すナッツのすぐそばまでやってきて、指先に魔力の光を灯す。

「たった、ひとりの、幼馴染なんだ。やめてくれ」

勘違いするなよ、シロウ。人を守るのは、お前の仕事だろう？　この結末は、お前がその責務を果たせなかった罰と知れ。少し、そこで無力感に打ちひしがれていろ。

「ᛋ《ソウェイル》」

ルーン魔法は発動した。山吹色の陽光が、薄闇広がるダンジョンを切り開く。

『グ、ガ……ァ、ガ！』

気絶しているはずのナッツが、およそこの世のものとは思えない、死者のうめき声のような声を上げる。

「ナ、ナッツ？」

悶え苦しむナッツの姿は、ᛋ《ソウェイル》の光でシロウの目には届いていない。俺にも見えない。だが、わかる。

（出ていけ、アルバス。そこは貴様のいるべき場所じゃない）

シロウと二人で逃げ出しておけば延命できたものを。わざわざ引き返してきたんだ。望み通りに滅してやる。

ナッツの口から女性らしからぬ、獣のような低いうめき声が張り上げられた。アルバスの気配が、完全に消滅する。

「ナッツ、ナッツ！　返事を、してくれ」

指一本動かせないシロウをしり目に、階下を目指す。目的は達した。ここにとどまる理由はもうない。

「待、て。お前は、いったい、誰なんだ！」

フッ。知りたければ調べるんだな。俺が語る必要は無い。俺たちは戦う運命にある。進む道は、自然と重なり合う。なぜなら俺がお前の前に立ちはだかるからな。

（ところで、どうしようかなぁ）

ササリスの後ろにずらずらと並んでるドッペルスライムたち。連れて帰るしかないかなぁ。

ダンジョンの最奥にたどり着くと、自身を取り巻く空気の様子が変わったことに気づく。魔力だ。ダンジョン内部は地上と比べて大気中に含まれる魔力量が非常に濃い。ひるがえって、俺たちのたどり着いた小部屋の魔力濃度は地上と同程度。

「あ、出口だよ！」

ササリスが指さした先に、地上へ向かう階段がある。このフロアは実質的にダンジョンの性質を失っているから、上方へ向かっていっても身体に電荷がたまることはない。安心して出ていけるわけだ。

そういえば、シロウとのごたごたで忘れかけていたけど、ササリスにプレゼントがあるんだった。

「ササリス」

「なに？」

小躍りしそうなテンションで階段を駆け上がり始めていたササリスがピタッと立ち止まり、くるんと振り返り、にこっとほほ笑んだ。

「土産だ。取っておけ」

俺が投げたのは、花に擬態していた、身体が水晶でできている、イバラの触手を持ったタコのような魔物の頭部に生えた一輪の花。

「え！　いいの？」

ぴょんぴょんと跳ねまわりながらササリスが俺の目の前まで引き返してきた。おー、俺の想像の五倍くらいうれしそうだな。水晶ってよっぽど高く売れるのかな？

「ありがとう！　師匠からのプレゼント、一生大事にするよ！」

おー、そうか。

ん……？　ちょっと待て。大事にする？　売るんじゃないのか？

「あたし、知ってるよ。クリスタルアルラウネの花言葉は『枯れない愛』。えへへ、こんなにうれしいの、生まれて初めて」

え。

知らない、俺それ知らない！

待って。

「えへへ、よーし。あたし頑張るぞー！」

止まれ、ササリス！　それをここに置いていけ、クソがぁ！


お、追いつけなかった。

嘘だろ？　こっちは∩《ウルズ》のルーンで身体強化をしていたんだぞ？　どうなっているんだ、こいつ。

「ふむ、さっそく一組目の到着ですかな」

出口に待ち構えていたのはやはり、今回の試験で一貫して監督を務めた試験官だ。

「待ちなさい。後ろの魔物はいったい」

後ろの魔物とは、擬態を解いたままのドッペルスライムたちである。

「あたしの家族」

「なぬ！」

「間違えた。あたしたちの家族」

「たち！」

おいこら。

「冗談だ。洞窟の中でテイムしたドッペルスライムたちだ」

「なんと、魔物使いだったのか。これほどの数を使役するとは、さぞ実力者だと見受けられる」

ハズレ。人形遣い《パペットマスター》とでも呼んでやってくれ。

「よろしい。二名を冒険者試験合格者と認定しましょう」

試験官は孤島の湾岸を指さした。ダンジョンを通過する過程で島の反対側に出たらしく、俺たちが上陸した砂浜とは違い、ゴーストタウンのような街並みが広がっている湾岸だ。

「合格者向けのセミナーは三日後。冒険者証を渡すのもその時です。適当な家屋で骨を休めるとよいでしょう」

「はーい！」

妙だな、ササリスの足取りが軽い。

「同衾《どうきん》、同衾っ。ウェヒヒヒ」

しない。

（さてと）

ササリスが五メートルほど行ったのを確認して、俺もようやく動き出す。

俺が試験官に背を向けたのと、背後から威圧感が増したのはほとんど同時だった。冒険者試験合格者向けプレゼンツ。

殺気マシマシ、刃をつぶした投げナイフ。

合格を言い渡されても気を抜くな。冒険者たるもの常に緊張感を持て、という教訓である。あいにくだが、そんな初見殺しが通用する領域に俺はいないんだ。

「どこを狙っている」

一《イサ》の文字で時空を止めて、俺は試験官の背後に回った。試験官が深刻な顔色で息を呑む。

「い、いつの間に」

彼の額から玉の汗が吹き出して、自重で大地へと滴り落ちていく。

「一つ、忠告しておいてやる」

猛毒に侵されたかのように血色の悪い試験官は、何が起きたかもわかっていないだろう。

(かーっ、やっぱこれだわ)

物語の敵キャラの強さを示すためには「こいつはやばい、俺の直感が告げているぜ」ってキャラが必要だ。そして、その持ち上げの実行者は実力が担保されているキャラだとなお望ましい。ちょうど、難関と呼ばれる冒険者試験にすでに合格している試験監督なんかは適任だ。

「これから訪れるのは、動乱の時代」

哲学者のヘーゲルは、『幸福で安全だった時代は歴史のうえでは白紙になる』と言った。これを真と仮定するなら、その対偶である『歴史が動く時、危険と絶望に満ちた暗黒期が広がっている』もまた真である。

俺が目指すは、圧倒的な暗黒。シロウという原作主人公が必要とされる時代を築くための絶対的覇王。

「貴様らかませ犬に活躍の場は無い。命が惜しくば大人しくしていることだ」

金縛りにあったかのごとく、その場を動けずにいる試験官の横を悠然と通り過ぎる。

格付け完了！


冒険者試験は終わったが、俺にとっての本当の試練はこれからだった。合格者向けセミナーが開催されるまでの三日間、いかにしてササリスから逃れるか。それが問題だ。

「ササリス、知ってるか」

「なに？」

「この町に眠る、幻の財宝の話だ」

「幻の、財宝の、話？」

そう。俺がいま作った話だ。

「いまは見る影もないが、このゴーストタウンは昔、貿易港として栄えた港町だった。海賊が金目の物を略奪しに来るまでは」

「ひ、ひどい」

過去一沈痛な声が出たな。人じゃなくて奪われた金目のものに対して悲しんでいるだろ、絶対。

「当時この港町には一一二カラットを超えるブルーダイヤモンド、通称ホープダイヤモンドが運び込まれていた」

「もしかして、海賊たちはそれを狙って、侵略の限りを尽くしたの？」

「そうだ。だが、海賊が後で強奪品を確認すると、そこにそのダイヤは無かった」

あとは、言わなくてもわかるな？

「当時の誰かが、この町のどこかに隠した！　そして未だ見つからず、名実ともに幻の財宝になったってことだね？」

うむ。

「あたし、行ってくる！」

ササリスは鼻息を荒くして駆け出して行った。星明かりを頼りに宝石を探しに出かけたのだ。

ふぅ、これで三日は安息できるだろ。

◆
◇

日が昇って落ちてを二度繰り返して、朝焼けの匂いに包まれるころ。ナッツは、シロウとラーミアとともに、ギリギリのところでダンジョンからの脱出に成功した。ゴーストタウンと化した廃れた町並みを、セミナー会場へ向けて歩いている。

(本当に、ギリギリだったんだよね)

シロウとラーミア。前を歩く二人の背中を追いかけながら、ナッツは思い悩む。

いまはまだ、手を伸ばせば届くところに二人がいる。彼女はいつまで、二人のそばにいられるだろう。

(冒険者、向いてないんだろうな、わたし)

シロウが冒険者になると言った時、どこまでもついていく覚悟で故郷を離れた。どんな苦難も、二人でなら乗り越えていけると思っていた。だけど、現実は甘くなかった。冒険者の適性をはかる試験でさえついていくのがやっとだった。もちろん、それも本当はすごいことなのだけれど、ナッツは知った。誰が一握りの天才なのか、身をもって知ってしまった。

「ナッツ?」

シロウが足を止めて振り返った。不思議そうな二つの目が、彼女を見つめている。だからな

んだかいたたまれなくなって、

「なんでもないよ！　それより、セミナーが始まるまでもうちょっと時間あるよね。せっかくだし、海を見てきてもいい？」

とっさに、この場を離れる口実を探してしまった。いまは考える時間が欲しかった。

シロウは抑えきれない好奇心を胸に、冒険者試験に挑んでいた。ラーミアは騎士として、確固たる決意のもと試験に挑んでいた。ナッツには、それが無い。彼女を支える強い気持ちが、欠如している。

「あんまり遠くまで行くなよ」

「わかってるって！」

だから笑顔を表情に張り付けて、軽快な足取りで駆け出した。だけど、戸惑いと迷いは振り切れなかった。一人で胸を痛める自分が嫌いだ。

「はぁ、はぁ」

鉛がまとわりついたように体が重たい。足が棒みたいで、動くことすら億劫《おっくう》だ。

「苦しいよ」

水はけの悪いゴーストタウンには、昨晩の内に束の間《つかま》降った小雨《こさめ》が水たまりを作っていた。

ナッツの顔が水面に映り、波紋に揺れる。

「……？」

低周波振動。ずっしりと重量感のある何かが、音を立てている。

(何かが近づいて来てる、逃げなきゃ)

ナッツは一歩後ずさって、思い悩んだ。

(本当に、逃げてばっかりで、いいの?)

いま、彼女に迫っているのは未知だ。彼女の幼馴染が愛してやまない、魔性だ。ここに彼がいれば、間違いなく確認しに向かっただろう。

(逃げたら、逃げた分だけ、シロウが遠くにいっちゃいそうな気がする)

血の気が引いていく。指先がしびれる。呼気が浅く、思考がうまくまとまらない。

下唇を噛んだ。とても重大なターニングポイントに立たされている気がした。ここで逃げ出すと、一生、シロウとの距離が遠ざかる一方の気がした。いつか永遠に手の届かない場所に行ってしまう確信があった。

一瞬の迷いが、致命的だった。

「え?」

ぼとり、と。ナッツのすぐそばに、何かがおちた。地面に転がる赤黒い物体の断面から覗《のぞ》く白い棒が、ナッツを恨めしそうに見つめているように思えてならない。

悪臭が漂った。ナッツの肩に、どろりと粘つく液体が滴り落ちる。

「……あ、ぁ」

見上げると、そこに大きな体が立っていた。体長十メートルを超える八虫類が、右手に盾を、左手に剣を構えて、二足でナッツの後ろに立っている。鱗に刻まれた歴戦の傷跡を上へ上へとたどっていくと、その八虫類のギョロリとした目玉が、縦にスリットの入ったどう猛な眼《め》が、ナッツを見つめている。

「きゃぁあぁぁぁっ！」

ナッツは理解した。目の前に転がった赤黒い物体が何だったのかを。肩口に落ちた粘液がなんであったのかを。

（なんで、どうして……っ！）

願ったことなんて些細《ささい》なことだ。幼馴染と一緒にいたい。たったそれだけなのに、そんな簡単な願いすら、天は身に余る強欲だと断罪するのだろうか。

「あぐっ」

巨大な、武者のようなトカゲの振るった一刀の風圧で、ナッツは地面を転げまわった。いや、風圧で押し飛ばされただけではない。

肉の一部が斬れていた。遅れてやってきた熱が、手遅れ気味の警鐘を鳴らしている。

「助け、て、助けてっ」

誰か。誰だっていい。

（いやだ、死にたくない……っ！）

「——《イサ》」

目の前の悪夢が、白亜の氷壁の向こうに葬られた。武者のごときトカゲの魔物は、堅牢《けんろう》な氷獄に未来永劫《えいごう》閉じ込められた。

(いまの魔法は！)

氷漬けの巨体を迂回した。彼女の予測が正しければ、そこにいるのは間違いなく彼だ。

「……え？」

だが、現実は彼女の想定を裏切った。朝日を背負った男のシルエットは、彼女がよく知るそれに似ていた。

「シロウ……？」

口にした言葉を、彼女自身がすぐさま否定する。

「違う、あなたは、シロウじゃない」

逆光に目が慣れれば、髪色も、肌の色も、目の色も、見慣れた幼馴染とは全く異なることに気づいた。中でも、とりわけ異なって感じたのは、男がまとう雰囲気だ。

息を呑む。

知れば後には戻れない。

そんな予感が、強く彼女の脳に警鐘を告げている。

「あなたは、いったい何者なの？」

彼女が初めて、己の中の好奇心を強く実感したのは、まさにこの瞬間。危険と予期してなお、彼女は知的欲求を抑えられなかった。

今日が、彼女にとっての決定的なターニングポイントだった。

◇
◆

やっちまった。

フードを外したままナッツの前に出てしまった。

（あぁぁぁぁ！　素顔バレはもっと重要なシーンでやりたかったのに！）

チクショウ、シロウに「その面、拝ませてもらうぜ！」とか言わせたかったのに。

まあいいか。いまのナッツみたいな「見知った彼と同じ顔、お前はいったい誰なんだ！」ルートも熱いからね。及第点としましょう。

「ねえ、待って！」

何も言わずに立ち去ろうとする俺をナッツが呼び止める。

「これで三回目だよね、わたしを助けてくれたのは」

三回？　二回じゃなくて？　アルバスを追い払ったのも一回にカウントしてるのかな。律儀だなぁ。

「勘違いするな。貴様など眼中にない」

「だったら、どうして助けてくれるの？」

「俺の行く覇道に邪魔者がいた。その邪魔者がお前にとっても敵だった。それ以上の因果など無い」

ナッツはしばらく、何かを言おうとして、だけど言葉が見つからなくて、口を開いたり閉じたりしているようだった。

少し待ったが何も言わないので、今度こそ立ち去ろうとした時だ。

「名前！」

彼女がどうにか形にした単語は、それだった。

「わたしはナッツ。せめて、名前くらい教えてよ。それとも、名前を名乗ることすら嫌なの？」

う、うーん。難しい注文を。

（どうする、名前を告げるシーンってのは結構重要だぞ）

早いうちに開示しておかないと、シロウたらが俺の話題を上げようとするたびに「フードの男」と呼ばれることになる。なんかストーカーっぽくてやだな。

（むう、もっと理想的な場面はあったかもしれないけど、タイミング的にはいまがベストか）

悪いことをしたのに謝らなかったら、ずるずると謝るタイミングを逃してしまうのと同じだ。

この機会を逃せば、次に名乗るチャンスはいつになるかわからない。

「クロウだ」

俺が告げると、ナッツが噛みしめるように「クロウ」と繰り返した。

「決めた。わたしが冒険者になる理由。もう迷わない。わたしの憧れを、見つけたから！」

お、そうか。ナッツはシロウの精神的支柱だからな。シロウはあれでメンタルが不安定なところがあるから、しっかりとそばで支えてやってくれ。

(ところでナッツの憧れってなんだったんだろ)

まあいいか。やる気を出してくれたなら何よりだ。


少しして、冒険者試験の合格者を対象としたセミナーが開催される時間が迫ってきた。場所はゴーストタウンの元集会場だ。

「どういう意味なんだよ、ナッツ！」

「だから、何度も言ったでしょ！」

「わかんねえよ！」

俺が会場に到着すると、ナッツがシロウと言い争っていた。あれ？　なんで？

「わたし、シロウとは一緒に行かないから！」

……。ほーん。なるほどね。ふむふむ。

え？　ええええぇぇぇぇぇぇ！　マズいですよ！　シロウはナッツがいないとダメなんですよ！

シロウが輝くのは誰かのために動く時だ。自分のために力を使おうとすると空回る。そんな星のもとに生まれた、繊細な心の持ち主なんだ。それをさせられるのはナッツだけなんだ。

究極を言ってしまえばナッツがいてくれたからなんだ、世界を救える英雄シロウが誕生したのは。

平和な時代に英雄が要らないように、英雄のいない時代に覇王はいらない。シロウが強く育ってくれないと、俺の十五年が無駄になる。それはダメだ！

（くそ、誰だよ。ナッツに変な覚悟決めさせたやつ！）

許せねえ！

ナッツがこっちに気づいて顔をほころばせた。軽やかなステップで足音を奏でて、彼女が俺の前まで駆け足でやってくる。

「お願い、わたしを一緒につれて行って！」

……は？　それ俺に言ってる？

（ふぅ。よし、落ち着け。冷静に考えよう）

まず、問題はなんだ。ナッツがシロウと別行動を取ると言っていることだ。原作では無かったイベントだな。つまり、ナッツがそんな覚悟を決めるに至った、余計なことをしでかしたやつがいるわけだ。

俺ですね、どう考えても。

（やべえ）

そうだよ、考えればわかった話だ。

ナッツはシロウに思いを寄せていたが、最初のころは幼馴染に対する親愛に過ぎなかった。それが、物語が進むにつれ、徐々に恋心を自覚し、だけどいままでの普通が壊れるのが怖くて一歩踏み出せない。そんな王道ヒロインがナッツだっただろうが。

それなのに、少なくとも二回はナッツの危難を俺が救ってしまった。図らずも、本来シロウに向くはずだった親愛値を奪ってしまっていたわけだ。まさかこんなところから俺の計画が破綻しかけるなんて。

（ダークヒーローってばカッコいいからな。ナッツが魅了されちゃうのも仕方ないね）

じゃなくて！

ここはね、心を鬼にしましょう。「足手まといを連れていくつもりはない」とかきつく当たって、ナッツの好感度を落としにかかりましょう。

はぁ、胸が痛むぜ。

「足手――――」

「決闘だ」

シロウにセリフをかぶせられた。しょんぼり。

「俺が勝ったら、ナッツはおいていってもらう！」

「シロウ！」

ナッツがプンスコと怒った。

「ならば俺が勝ったらそこの女の面倒はお前がきちんと見ろ」

「あ、あれ？」

ナッツは困惑している。

しばらく首を傾《かし》げたあと、彼女は「どっちが勝っても結果同じじゃない？」と疑問を呈した。

よく気づいたな。


シロウと俺が、円形フィールドで距離を取り、面と向き合っている。その距離およそ十メートル。互いのルーン魔法の射程がギリギリの間合いだ。

「それでは、このコインが落ちた瞬間を決闘開始の合図とする。互いに正々堂々、騎士道に則《のっと》った決闘とするように」

立ち合いはラーミア。ルールは殺しが禁止。あとはヴァーリトゥード。

ラーミアの指から弾かれたコインが放物線を描き、地面にぶつかる瞬間、甲高い金属音が弾けた。先行で動いたのはシロウだ。思い切り地面を蹴り飛ばし、背後へと跳躍する。

「お前の魔法は俺のルーン魔法より強い、けど！」

シロウの足裏が土煙を巻き上げた。人の寄り付かないゴーストタウンだ。町全体が埃っぽいのだ。

「ルーツは同じ魔法なんだ。こうして距離をあけてしまえば、対等に戦える！」

既視感を覚えた。このやりとりを過去にした記憶は無いのに、この場面をどこかで体験した気がする。

思い出、した……！　これは、俺が過去に想定したパターンだ！

「届かないのは、貴様の魔法だろう？」

予習通りの展開に、間髪入れずに言葉を返す。就活の面接で想定質問が来た時みたいだ。気持ちがいい。

「なに――ッ！」

シロウが目を見開いた。シロウのルーンでは絶対に届かない遠間から、く《ケナズ》のルーンが火を噴いて襲い掛かったからだ。

「ぐああぁぁぁぁっ！」

「シロウ！」

「大、丈夫だ。俺は、負けねえ、負けられねえ」

立ち合いをしていたラーミアは不安がり、試合を止めるべきか悩んでいるかのようだった。

だからシロウが、止めないでくれと訴えるようなまなざしをラーミアに送っている。

ラーミアは下唇を噛み、「続行だ」と言い放った。

「く《ケナズ》！」

シロウが距離を詰めて、俺がいましがた使った炎を意味するルーンを発動する。

「からの……」

邁進する炎を追いかけながら、シロウが次の攻撃の準備を始める。

「ᚦ《スリサズ》！」

その文字が意味する所は、雷。

解説のラーミアさん、彼の攻めはいかがですか。

「うまい！　前を行く炎を雷が追いかける形で、着弾が同じタイミングになるよう時間差で魔法を発動したんだ！」

あー！　ありがとうございますぅ！　ね、いまラーミアの解説をいただきましたけどもね！

こんなんなんぼあってもいいですからね。

さて、と。

俺は右手と左手で、二つのルーンを同時に行使するとしよう。

「ᛚ《ラグズ》、ᛃ《ジェラ》」

「なにイ！」

シロウが驚愕する。

「両手を使い、炎と雷、両方を同時に対処したのか！」

驚くのはまだ早い。

「ᛁ《イサ》」

「しまっ」

シロウがつんのめってでも攻撃を避けようとするが無駄だ。この射程で、この魔法が外れることは無い。

「ぐっ」

凍結のルーンが具現化し、シロウは膝から下を氷漬けにされた。地面に足を縫い付けられたシロウを、ラーミアが不安そうに見守っている。

「なぜだ。シロウもフードの男も、使っているのは同じルーン魔法のはず。それなのに、どうしてこうも」

固唾を呑んで、ラーミアが続ける。

「どうして、これほどまでに、魔法を発動するまでの速度に差が出るんだ」

ラーミアが「まさか！」と勢いよく上体をひねった。視線の先にいるのは俺だ。俺を見たラーミアが、化け物を見たように目ん玉をかっぴらいている。

「魔核から、魔力を移動させていない、のか？」

フッ。

ラーミア。一つ言っていいか？

（かーっ、やっぱりラーミアは最高だぜ！）

俺がいかにすごいかを、余すことなく驚愕してくれる！　敵対していて、すごく気持ちがいい。味方でなく敵に置いた俺の判断を絶賛したいね。

「ちく、しょう。ちくしょう……ッ！」

顔をうつむかせたシロウが、ボロボロと涙をこぼしている。

「負けちゃ、ダメなのに、こんなのじゃ、ダメなのに！」

シロウが拳を固めて、太ももを叩く。動けと、自らの足を鼓舞しているのだとわかる。だが、彼の思いに反し、━━《イサ》で氷漬けにされた足は微動だにしない。

「俺じゃ、ナッツを、守れない……っ！」

やべ、シロウの精神が限界を迎えようとしている。

いや、ほらほら。シロウくんも頑張ったと思うよ？　敗北を受け入れて得られる強さもあるさ。お前のそれは、優しさという強さだ。捨てる必要も、嘆く理由もどこにも無いんだ。元気出せって。

と、俺が言ったところで、無駄だろうな。

それなら、せめて。

「己の無力を嘆くなら、ここで終わらせてやる」

叱咤《しった》激励をもって、お前のメンタルをケアしてやろう。

「あの構え……マズい！　シロウ、逃げろ！」

ラーミアはこの技を受けたことがあったな。膝が付くほどに重心を落とした状態でくるぶしに刻むのは力を意味するᚢ《ウルズ》のルーン。身体能力を強化したうえで放つ蹴りは、重厚な金属盾を構えたラーミアさえ弾《はじ》き飛《と》ばす。ましてシロウが生身で喰らえばどうなるか、言うまでもない。

「無才を自覚して生きるほど、苦しいことは無い」

淡い光が足先に宿り、存在感を増していく。

「シロウ！」

ラーミアが叫ぶ。だが、シロウは膝をついたまま立ち直れない。

「くたばれ」

直撃すれば死ねる威力で打ち出した俺の蹴りは、重厚な金属にぶつかった。ラーミアだ。俺のハイジャンプキックがさく裂する寸前、とっさに割り込んだラーミアが大盾で防いだ。

「くっ、そこまでッ！　この決闘は貴様の勝ちだ。これ以上の攻撃は、認めない」

人の指図を受ける俺じゃないんだけどな。でもまあ、いまので立ち直れないなら、このシロウと張り合ったところで仕方がない。

「この程度か」

失望混じりの声音を意図的に使い、意地悪く、ため息交じりにつぶやいた。パチンと指を弾いて、シロウの足を氷漬けにしていたルーンを解除する。

シロウはしばらくうなだれて、その場から一歩も動けずにいるようだった。

#【冒険者試験：了】

定刻がやってきた。

試験官が柏手を二回打って注目を集める。

「それではこれより、冒険者試験合格者向けの説明会を行います」

だけど、ササリスがこない。何しているんだ？

あいつに限って危機に陥っているなんてこと無いと思うけど、心配だ。主に、俺のあずかり知らないところで何かをしでかしていないかが心配だ。胃がキリキリする。

（ササリスはどこに行ったんだ？）

ぐるっともう一度、周囲を確認する。試験官が俺たちを一名ずつ呼び出し、一人一枚ずつカードを配っている。大きさや質感は保険証や免許証に近い。氏名と顔写真、それから冒険者番号の記載された高級感のあるカードだ。順に受け取っていく受験生の中に、ササリスの姿は見当たらない。

「いまお配りしたのが、冒険者であることを証明する冒険者証」

試験官はササリスの到着を待たずに、冒険者証の説明を開始する。

「皆さまは公的機関が諦めた魔物の討伐を高額で請け負うことができる他、多くの国で税制の特別待遇を行っており、融資などでも優遇を受けられます」

冒険者はそれだけ引《ひ》く手数多《てあまた》な希少な人材だと、試験官が言っている。妙だな。お金にまつわる話をしているのに、金銭欲の権化であるササリスがいつまでたってもやってこない。

「再発行はできません。紛失にはお気を付けください。以上をもちまして、冒険者試験合格者向けの説明会を終了とさせていただきます」

結局、ササリスは最後までやってこなかった。説明を受け終えた冒険者試験合格者たちがそれぞれの明日へ向かって歩き出す中、俺だけが説明会場で立ち止まっている。

(仕方ない、ササリスの冒険者証は俺が預かっておくか)

ようやく俺が歩き始めると、試験官が、近づく俺に気が付いた。好々爺《こうこうや》がみせるような優しい笑顔で、俺がそばに来るのを待っている。人と人が会話する間合いまで接近して、彼が先手で口を開く。

『やあ。ボクはね、この時をずっと待っていたんだ』

は?

『アースバインド』

男が口にしたのは地属性の魔法だ。

(しまった、束縛魔法!)

石畳がカエルの卵のように連なって、触手のごとく、俺の手足にまとわりついた。

「くっ」

慌てて文字魔法を展開しようとして、その指先を、無数の石くれがまとわりつく。濡《ぬ》れた手に粟《あわ》が付くように、隙間なく、びっしりと固着する。

文字魔法が、封じられた？

『あはは、君に魔法を使わせると思ったかい？』

無邪気なのに邪悪という相反する属性を兼ね備える声。ひどく聞き覚えがあった。

「その声、アルバスか」

『ご名答』

それは完全に予想外の出来事だった。

(試験官に憑依《ひょうい》していたのか？　いったい、いつから)

落ち着け、動揺を悟られるな。

努めてポーカーフェイスを貫く俺と対照的に、アルバスは道化師のような笑みを浮かべている。

『ボクがここに来た理由はわかるだろ？』

知らないが。

『そう、君の持つ、その鍵だ』

答えるの早いな。考える暇くらいくれよ。

「やはりそういうことか」

とりあえず、わかっていた風を装っておく。俺の理想とするダークヒーローは、こんなことで取り乱したりはしない。すべての理を掌握し、常に冷静沈着。そうでなければ覇王の冠を担えないのだ。

『さあ、その鍵の所有権をボクに譲渡してもらおうか』

俺は沈黙を選んだ。静寂が意味するところは、交渉の決裂。貴様の提案なんざ、誰が呑むかよ。

『やれやれ。立場がわかってないみたいだね。君に断る選択肢なんて無いのさ』

アルバスがパチンと指を弾く。大地が隆起し、石柱が伸びる。そこに、女性が手足を拘束されている。

（ササ、リス？）

え、嘘だろ？　負けたの？　不完全体のアルバスごときに、俺が五年かけて育てたササリスが？

そんなはずは。

「う……っ、師匠、ごめん。しくじっちゃった」

ササリスははたから見てわかるほどに憔悴していた。頬がこけ、目の周りが黒ずんでいる。焦点は合わず、どこか虚《うつ》ろな瞳でこちらを見ている。

彼女との付き合いは長いから、わかることがある。

ダイヤモンドを探すのに夢中で背後から迫るアルバスに気づかなかったとか、そういう落ちだろう、どうせ。やれやれだぜ。

「ひくちっ」

ササリスがくしゃみした。かわいい。

『……よく見ておけよ、クロウ』

試験官に乗り移ったアルバスが口を尖らせて、ササリスに手をかざす。手のひらが魔力で淡く光る。

『ウォーターボール』

ササリスの顔を覆うように、水球が展開された。泡沫《ほうまつ》が立ち上り、ササリスが苦悶に表情を歪める。

『あっはは。劣等種は大変だなぁ、脆弱《ぜいじゃく》で。溺れて意識を失うまでおよそ三分、その後心停止に至るまでに一、二分。彼女に残されたタイムリミットはせいぜい五分だね』

「アルバス、貴様」

口の奥で、鉄の味がした。悔しさで噛みしめた奥歯で歯肉が傷つき、血が滲んだんだと思う。

ササリスの口からは、気泡が零れている。

『ほらほら、早くしなよ、これ以上彼女を苦しめたくはないだろう？』

指先にまとわりつく石が、文字魔法の展開を阻害する。ルーンの一画すら満足に描けない。

『あっはは、いいぞ、無力を嘆くその顔が見たかったんだ！』

アルバスが笑う。高らかに、勝利を誇示するように、傲《おご》り高ぶる。

『ああ、そうだぁ。薄情な君と違って、ボクは優しい性格でね。特別に答えてあげるよ』

ニコニコと、愉悦に浸り、アルバスが口角を歪に吊り上げる。

『ここより遥か北、大陸を東西に分断する霧の深い山脈の果てに、雪に隠れる里がある。この鍵はその里にある扉を開く鍵さ』

アルバスが俺の頬を二本の指で小突いた。無知な子どもに啓蒙《けいもう》する思春期の子どものような煽りだ。

次の瞬間、アルバスの表情が凍り付いた。


「へぇ。いいことが聞けたよ」

『は？』


アルバスの口から零れ落ちた間抜けな声は、しかし俺の思いを代弁した言葉でもあった。

『何が』

少しだけ目を開いたアルバスには、首から下が無かった。

「大勝ちをしているとき、人は口が軽くなる」

アルバスが憑依していた試験官の体は、首から上をはねられたことに気づく暇すらなく、その場に仁王立ちしている。

「賭場で、師匠が言った通りになったね」

血潮を滴らせた魔力の糸を手繰り、勝者の笑みを浮かべる少女がいる。水にぬれた髪を振り、少女は地に転がるアルバスを見下した。ササリスだ。

『ありえない。なぜ貴様が自由に動いている！』

「なぜって、逆に、どうしてあの程度の拘束であたしを抑えつけられると思ったのかね」

アルバスが展開していたはずの水球は、ササリスの周囲でとぐろを巻いていた。それを見たアルバスは驚愕で顎が外れそうになっている。

(アルバスからウォーターボールの制御を奪ったのか？　マジかよ)

彼女の四肢を縛っていた石柱は、鋭利な刃物で八つ裂きにされたように木っ端みじんと化していた。おそらく、糸魔法だ。糸をくくり、石柱を豆腐のように切り裂いたんだ。そうして彼女は拘束を抜け出したんだろう。

ササリスが手をかざすと、螺旋を描くスピアとなって、ウォーターボールだったものが試験官の胴体を貫いた。

『ありえない。糸魔法は前の戦いで既に見切った。不意をつかれたとはいえ、ボクが反応できないはずない！』

「はぁ。前は手加減していたに決まってるでしょ」

なぬっ、ダイヤモンドに夢中になっている隙にやられたわけではなかったのか。ごめん、変な疑い方をして。

『でたらめを言うな！　自ら窮地に陥ることに、なんの意味がある』

「その鍵の秘密を暴けた。師匠の目論見通りにね」

ササリスがドヤ顔で鼻を鳴らした。

アルバスが驚愕で目を見開く。

俺は内心の動揺を隠し通した。

（よ、よくぞ俺の意図を汲《く》み取《と》った！）

さすがササリスだ！

正直、全然そんな狙いは無かったけど、ここは俺の目論見通りってことにしておこう！

「あんたの敗因は師匠を甘く見たことだね。依り代の条件は察するに【悪魔に魂を売ってもいい】と依り代自身が思っていること。まさか、師匠が気づいていないとでも？」

なにその条件！　そんな話知らないんだけど？

『くっ、まさか、試験合格時にこの男を煽り、劣等感を抱かせたのは！』

「あんたをおびき出すための罠だったのさ。あたしも、気づいたのは後になってからだけどね」

奇遇だな、俺もいま初めて知ったぜ。

でも言われてみれば、確かに、原作でアルバスが憑依していたやつは劣等感に苛まれているやつばかりだったな。あれはそういう裏設定があったからだったのか。

「あんたは師匠の裏をかいたつもりで、踊らされていたんだよ。師匠の手の上とも知らずにね」

なんと高度な情報戦。この俺の目をもってしても見抜けなかったぞ。

(あ、俺を拘束していたアースバインドが解けた)

術者であるアルバス憑依の試験官が死に瀕《ひん》し、魔法の制御がおろそかになったからだろう。

これで、ルーン魔法が使える。

「フッ」

『ぐっ、待て！』

全然俺の想定していない衝撃展開の連続だったけど、全部俺の計画通りって感じで乗り切ればいいだろ。

――ᛊ《ソウェイル》。

「ねえねえ、師匠師匠！」

るんるんした様子で、ササリスが俺を呼ぶ。

おー、アルバスを倒せたからな。それを褒めてほしいのか？　よしよし、よくやったぞー。

「見て、このダイヤモンド。これが師匠の言ってたホープダイヤモンドだよね！」

金の話かよ！　だと思ったよ！　チクショウ！

というか、実在したのかよ……。

「えへへ」

ササリスが目を細めて頭を差し出した。褒めて褒めてと訴えているのが、ひしひしと伝わってくる。

俺は小さく息を吐いた。

アルバスを出し抜いたことより、ホープダイヤモンドを見つけたことの方が、ササリスにとっては重要なことなんだな。

なんて言えばいいんだろう。

安心した、かな。うん。ササリスがササリスで、安心した。言葉にすると、しっくりくる。

ぽんと、差し出された頭に手を置いて、ねぎらいの言葉をかけた。久々に、本当に久々に。

「よくやった。さすがササリスだぞ」

アルバスの策略を逆手に取り、いっぱい食わせられたのは彼女の機転のおかげだ。

「ありがとう」

ササリスが俺を見て、息を呑んだ。

それから、顔をくしゃっとさせて、喜びを多分に含んだ笑顔を見せた。

「うんっ！」

えへへと、目じりにたまったしずくを指で掬《すく》い、ササリスがいつものように、明るく元気にふるまった。

「じゃあ行こっか。北へ！」

親父殿から預かった小さな鍵。これを使うべき場所が、そこにある。親父殿の奥義につながる何かがある。

「北か、寒くなるな」

俺はまだまだ強くなれる。だから、行こう。

ルーンファンタジーの世界が、俺を待っている。

電撃の新文芸

かませ犬《いぬ》転《てん》生《せい》
～たとえば劇《げき》場《じょう》版《ばん》限《げん》定《てい》の悪《あく》役《やく》キャラに憧《あこが》れた踏《ふ》み台《だい》転《てん》生《せい》者《しゃ》が赤《あか》ちゃんの頃《ころ》から過《か》剰《じょう》に努《ど》力《りょく》して、原《げん》作《さく》一《いっ》巻《かん》から主《しゅ》人《じん》公《こう》の前《まえ》に絶《ぜつ》望《ぼう》的《てき》な壁《かべ》として立《た》ちはだかるような～

著者／一《いち》ノ《の》瀬《せ》るちあ
イラスト／Garuku《ガルク》

2024年2月17日　初版発行

発行者／山下直久
発行／株式会社ＫＡＤＯＫＡＷＡ
〒102-8177　東京都千代田区富士見2-13-3
0570-002-301（ナビダイヤル）
印刷／図書印刷株式会社
製本／図書印刷株式会社

【初出】
本書は、カクヨムに掲載された『たとえば劇場版限定の悪役キャラに憧れた踏み台転生者が赤ちゃんの頃から過剰に努力して、原作一巻から主人公の前に絶望的な壁として立ちはだかるようなかませ犬転生』を加筆・修正したものです。

ISBN978-4-04-915370-5　C0093　Printed in Japan

ファンレターあて先
〒102-8177
東京都千代田区富士見2-13-3
電撃の新文芸編集部

「一ノ瀬るちあ先生」係
「Garuku先生」係